Susan Stephens

Diamante prohibido

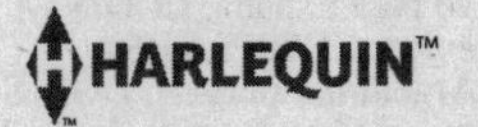

Editado por Harlequin Ibérica.
Una división de HarperCollins Ibérica, S.A.
Núñez de Balboa, 56
28001 Madrid

Diamante prohibido, n.º 2432 - 16.12.15
Título original: His Forbidden Diamond
Publicada originalmente por Mills & Boon®, Ltd., Londres.

I.S.B.N.: 978-84-687-6752-9
Depósito legal: M-31650-2015
Impresión en CPI (Barcelona)
Fecha impresion para Argentina: 13.6.16
Distribuidor exclusivo para España: LOGISTA
Distribuidor para México: CODIPLYRSA
Distribuidores para Argentina: Interior, DGP, S.A. Alvarado 2118.
Cap. Fed./Buenos Aires y Gran Buenos Aires, VACCARO HNOS.

Capítulo 1

¡Tyr Skavanga ha vuelto!

El titular lo sorprendió. Su hermana Britt había dejado el periódico encima del escritorio, para que lo viese. Y para que se diese cuenta de lo mucho que sus tres hermanas lo habían echado de menos y de lo contentas que estaban de que hubiese vuelto. En la fotografía que había debajo del titular aparecían Britt, Eva y Leila abrazándose y sonriendo de felicidad.

Por él.

Tyr se giró y fue a mirar por la ventana del despacho de Britt, la nieve contrastaba con la oscuridad del cielo. En el exterior todo era de un blanco inmaculado mientras que en el interior, en el reflejo de la ventana, lo que había era el rostro de un asesino, su rostro. Y aquello era algo de lo que no se podía esconder.

Ni quería hacerlo. Había vuelto a Skavanga, la pequeña ciudad minera que llevaba el nombre de su familia, para volver a vivir con las personas a las que quería. Tras dejar el ejército, se había quedado lejos demasiado tiempo para proteger a sus hermanas y amigos de un hombre que había cambiado mucho. Britt, su hermana mayor, nunca había cesado en su intento de encontrarlo, respondiese a sus mensajes o no. Lo habitual había sido no hacerlo. Britt era una de las pocas personas que habían podido ponerse en contacto con él a través de su marido, el jeque Sharif, que a su vez era uno de los mejores amigos de Tyr y siempre le había sido leal; no había desvelado su paradero a nadie, ni siquiera a su esposa, Britt.

Al final, había sido una niña la que había hecho que le remordiera la conciencia y volviera. Había sacado a la pequeña de la zona de guerra para llevarla con su familia a un campo de refugiados, y cuando esta había dejado de llorar de la alegría de ver a los suyos, le había preguntado con la preocupación de una niña de siete años que había visto demasiadas miserias si él tenía una familia.

La pregunta le había hecho sentir vergüenza, lo había destrozado. Había roto su coraza y le había obligado a pensar en aquellas personas a las que había dejado atrás. Le había explicado a la niña que sí, que tenía una familia a la que quería mucho. Nadie había hecho ningún comentario al ver lágrimas en sus ojos. Estaban juntos y vivos, no podían pedir más. Él se había marchado del campo para volver al desierto, donde había trabajado hasta el agotamiento, sin poder olvidar la pregunta de la niña acerca de su familia, que le había hecho darse cuenta de lo afortunado que era por tener personas que lo querían. Y entonces había sabido que tenía que volver a casa, a pesar del miedo a encontrarse con sus hermanas, que se darían cuenta de lo mucho que había cambiado.

Había sido de un valor inestimable para las Fuerzas Especiales, se lo habían dicho al ponerle una medalla en el pecho, pero Tyr no había querido que grabasen aquello en su tumba. Quería que lo recordasen por lo que había construido, no por lo que había destruido. En la batalla, se había encontrado con tres tipos de soldados: los que disfrutaban de su trabajo, los que iban a cumplir con su obligación con valentía y lealtad hacia sus camaradas y su país, y los que jamás se recuperarían de lo que habían visto, ya fuese física, mentalmente, o ambas. Él no tenía excusas. Era fuerte. Tenía el amor de una buena familia y no solo había conseguido mantenerse vivo, sino prácticamente indemne, al menos, por fuera. Y en esos momentos dependía de él terminar con el proceso de curación y ser de utilidad para otras personas menos afortunadas que él.

–¡Tyr!

–Hola, Britt.

Se giró justo en el momento en el que su bella hermana le daba un abrazo. Era evidente que estaba feliz de verlo, pero su mirada estaba llena de preguntas.

–Estás estupendo, Tyr.

–Mentirosa.

Su hermana mayor retrocedió para mirarlo de arriba abajo.

–Está bien, en ese caso te diré que llevas una ropa estupenda.

–Eso está mejor –respondió él mientras ambos reían al unísono–. Hice escala en Milán, ya que sabía que mis glamurosas hermanas organizarían una fiesta. Tenía que estar a la altura.

Britt lo miró con preocupación.

–No tienes por qué hacer nada que no quieras hacer, Tyr.

–Pero quiero estar aquí. Quería venir a casa y veros.

–Entonces, ¿estás preparado? –le preguntó Britt, mirando hacia el otro lado de la calle, donde estaba el hotel más lujoso de la ciudad, en el que habían organizado una fiesta para darle la bienvenida.

–Cuando quieras.

–Ojalá tuviésemos más tiempo para hablar, pero sé que nunca te ha gustado hacer las cosas poco a poco, ¿verdad, Tyr?

–Inmersión total –le confirmó él, decidido a mantener el tono de voz alegre–. No sé hacerlo de otra manera.

–Si tú lo dices.

–Por supuesto –dijo Tyr, señalando el hotel, al que estaban llegando coches–. Y muchas gracias por organizarlo.

Britt se echó a reír.

–Me alegro de haber tenido la oportunidad. Había que darle la bienvenida al héroe de la ciudad...

–Solo tienes que darle la bienvenida a tu hermano. No quiero más.

–Iría hasta el fin del mundo por ti, Tyr... Y casi he tenido que hacerlo –le recordó su hermana.

–No dejaste de enviarme correos electrónicos.

–Y tú no me respondiste.

–Pero al final te he ahorrado el viaje.

–No vas a cambiar nunca –dijo ella en tono de broma, pero su mirada era triste porque ambos sabían que había cambiado.

Había cambiado mucho.

–Este rato en mi despacho, tranquilo, te habrá venido bien, ¿no?

–Ha sido perfecto, gracias, Britt.

Salvo en los momentos en los que había ido de compras para poder deshacerse de las botas y las camisas de safari y ponerse ropa de ciudad, Tyr no había tenido ningún contacto con otras personas desde que se había marchado del desierto. Después de tanto silencio, incluso los ruidos de la calle le resultaban ensordecedores, pero su hermana se merecía aquello y mucho más. Tyr la habría puesto en un pedestal.

–Bueno, pues ya has disfrutado bastante de la paz y la tranquilidad. Necesito hablar contigo y, luego, nos iremos.

–Parece serio.

–Tengo muchas cosas que contarte, Tyr. Has estado fuera mucho tiempo. Leila ha tenido gemelos...

–Eso lo sé, ya me lo habías contado.

–Te avisé cuando nacieron, pero ya casi tienen edad para ir al colegio y todavía no los conoces.

Él asintió.

–Y ahora está otra vez embarazada.

–Veo que Rafa no pierde el tiempo.

–Hablas como un dinosaurio. Leila y Rafa se adoran y, según tu hermana, quieren un equipo de fútbol. Y quiero que sepas que el mundo ha seguido girando aunque tú hayas desconectado de todo.

Donde Tyr había estado no había habido comunicación con el mundo exterior, hasta que él había llegado y la había instalado para que los demás pudiesen comunicarse con sus seres queridos. Durante mucho tiempo, él se había sentido demasiado mal para poder hablar con sus hermanas.

–No vas a contarme dónde has estado, ¿verdad, Tyr?

–No necesitas saberlo –respondió él en tono de broma, encogiéndose de hombros.

No quería hablar con nadie de su trabajo, ni siquiera con Britt. No quería que lo alabasen por las cosas malas que había hecho. Solo quería seguir adelante.

Su hermana sacudió la cabeza.

–De acuerdo, desisto. Ya verás cuando veas a Leila, está...

–¿Enorme? –sugirió él.

Su hermana intentó golpearlo.

Y así volvieron atrás, a los días felices.

–¿Y qué más ha pasado?

–Jazz está aquí.

Tyr sintió un escalofrío.

–Jazz. Hace muchos años que no la veo.

Solo con oír el nombre de la hermana pequeña de Sharif recordó las vacaciones escolares, cuando lo único que le había importado había sido divertirse con sus dos amigos de Kareshi, pero, a juzgar por el tono tenso de su hermana, había algo más.

–¿Y? –le preguntó–. ¿Qué pasa con Jazz?

Estaba seguro de que Sharif se lo habría contado si le hubiese ocurrido algo a Jazz, que en realidad era la princesa Jasmina de Kareshi.

–Jazz está bien, ¿verdad?

–Por supuesto.

–¿Pero?

Fingió indiferencia, pero el corazón se le había detenido al pensar que le había podido ocurrir algo a Jazz. Se conocían desde que Sharif lo había invitado a pasar sus primeras vacaciones en Kareshi y, desde entonces, siempre se había alegrado de verla. Por eso, la idea de que pudiese estar enferma, o herida... Se le encogió el estómago. Estaba cansado de calamidades.

–Pero nada, Tyr –insistió su hermana–. Si le hubiese ocurrido algo malo, te lo contaría.

Él la miró fijamente a los ojos, sabiendo que había algo más.

–Va a venir esta noche.

–Estupendo.

Tyr se alegraba de poder volver a ver a Jazz a pesar de que era una persona capaz de ver siempre en el interior de las personas y él no sabía qué le parecía eso.

–Ha cambiado, Tyr –añadió Britt en voz baja–. Al igual que el resto de nosotras, ha crecido.

¿Qué estaba intentando decirle su hermana? Se encogió de hombros y se imaginó a Jazz con coletas y aparato en los dientes. ¿Cuánto podía cambiar una persona? Miró su reflejo en la ventana y obtuvo la respuesta a su pregunta.

–¿Qué pasa, Tyr?

Él esbozó una sonrisa.

–Nada. Nada en absoluto.

–Todos hemos cambiado –dijo Britt, leyéndole el pensamiento–, pero al menos estás sonriendo. ¿Ha sido al pensar en Jazz?

Él se encogió de hombros, aunque lo cierto era que sí que estaba pensando en Jazz, que siempre se había referido a él como el chico del frío norte que tenía un nombre gracioso. Sharif, Jazz y él habían formado un trío extraño. Al principio no habían querido incluir a Jazz, pero esta se había empeñado y había conseguido montar a caballo mejor que Sharif y que él. Además, conocía el desierto como la palma de su mano. Así que, como no habían podido deshacerse de ella, habían desistido en el intento.

–No te preocupes, Britt. Yo me ocuparé de Jazz –le aseguró.

–Pero no le tomes el pelo.

–¿Que no le tome el pelo? –repitió Tyr frunciendo el ceño.

–Jazz ha accedido a venir esta noche porque es una celebración familiar muy importante, y yo la voy a acompañar en todo momento, Sharif y yo, quiero decir.

Él frunció más el ceño.

–Todo parece demasiado formal, Jazz no era así.

–Ya te he dicho que Jazz ha crecido, y las hermanas solteras del jeque de Kareshi no tienen tantas libertades como nosotras.

–¿Sharif la tiene encerrada?

–No seas tonto. Sabes que Sharif es un gran defensor del progreso. Ha sido decisión de Jazz, y tenemos que respetar sus creencias. Ha apoyado a Sharif mientras este hacía avanzar a Kareshi hasta el siglo XXI y en estos momentos no quiere hacer nada que ponga en peligro la estabilidad, mucho menos dar a los ciudadanos más conservadores del país la oportunidad de criticar a Sharif por implementar el progreso con demasiada rapidez.

–¿Así que prefiere sacrificarse ella? –inquirió Tyr, indignado–. ¿Encerrándose?

–No exactamente, pero lo cierto es que Jazz se ha

vuelto bastante conservadora. Así que, por favor, Tyr, por su bien, intenta ser prudente cuando la veas.

–¿Qué piensas que voy a hacer? Hemos sido amigos casi toda la vida, Britt. No voy a intentar ligármela.

–Enfría esa amistad y mantente alejado de Jazz, limítate a saludarla con indiferencia. ¿De acuerdo?

Él se pasó una mano por el pelo.

–No puedes estar hablando en serio. ¿Es que nadie se puede acercar a Su Majestad?

–No te burles de ella, Tyr –le advirtió Britt, fulminándolo con la mirada–. Jazz lleva una vida completamente normal en Kareshi. De hecho, Sharif rompió todas las reglas al darle un trabajo en el picadero, donde realiza una labor de gestión excelente, pero lo importante es que ha abierto las puertas del mercado laboral a todas las mujeres de Kareshi.

–¿Y?

–Que eso ha hecho que Jazz esté más decidida que nunca a defender la tradición en otros aspectos de su vida, para que nadie pueda criticar la decisión de Sharif de permitirle trabajar.

–¿Defender la tradición, qué quieres decir?

–Que Jazz piensa que Kareshi tiene que ir evolucionando poco a poco, y si para que el resto de mujeres puedan trabajar es necesario que ella permanezca en la sombra, está dispuesta a hacerlo. Deberíamos admirarla por hacer el sacrificio.

–No lo entiendo.

–La libertad de la mujer para trabajar es un gran paso para Kareshi y Jazz lo sabe. Lo siguiente será que las mujeres solteras puedan relacionarse libremente con los hombres sin que la sociedad las condene. Y se conseguirá. Jazz está entregada a su pueblo y podemos confiar en que hará lo que es mejor en estas circunstancias.

–¿Lo que es mejor para ella o para Kareshi?

–No te enfades, Tyr. Para ambos, por supuesto. Y no me mires así.

–Tienes razón, lo siento. Es que no me imagino a Jazz, que era tan guerrera, convertida en una ermitaña.

–¿Acaso no te encerraste tú en ti mismo y te alejaste de todas las personas que te querían?

Su hermana también tenía razón en aquello. Tyr se obligó a sonreír a pesar de que estaba preocupado por Jazz.

–Es cierto.

–Alégrate por ella, Tyr. Jazz es una joven maravillosa, con un enorme sentido del deber, cualidad que estoy segura de que comprendes. Es normal que no quiera dar de qué hablar.

–Tal vez para ti tenga sentido –concedió Tyr–, pero Jazz es mi amiga, y esta noche voy a encontrarme con muchos amigos y voy a tratarlos a todos por igual.

–En ese caso, supongo que no tengo de qué preocuparme –respondió Britt, tomando su rostro con ambas manos y besándolo en sendas mejillas–. Ahora, al otro lado de la puerta hay varias personas deseando darte la bienvenida en privado.

Aquello lo emocionó.

–¿Están aquí Eva y Leila?

–Con sus maridos, he pensado que no te importaría ver también a Roman y a Rafa, teniendo en cuenta que son tus mejores amigos.

–Por supuesto que no.

De hecho, estaba deseando verlos, y se aseguró a sí mismo que conseguiría que estos no viesen en sus ojos nada más que la felicidad del reencuentro.

Su hermana mediana, Eva, fue la primera en entrar en la habitación, cambiando por completo el ambiente que se respiraba en la misma. Eva era pelirroja y lenguaraz, y no había cambiado nada en el tiempo que no se habían visto. Lo miró de arriba abajo y le dijo:

–Sigues siendo tan impresionante como recordaba, mi chico guerrero.

–Podría aplastarte con un solo dedo, mequetrefe.

Ambos levantaron los puños y pelearon de broma, luego Eva rompió a llorar y se lanzó a sus brazos, donde siguió golpeándolo en el pecho.

–No vuelvas a hacerme algo así, ¿me oyes, Tyr? No vuelvas a desaparecer de mi vida sin tan siquiera haberme dejado las llaves de tu estupendo coche.

Él se echó a reír y la abrazó.

–Te prometo que no volveré a hacerlo –le dijo, dándole un beso en la cabeza.

Más tranquila, Eva se echó hacia atrás para volver a mirarlo.

–No tienes ni idea de cuánto te he echado de menos, Tyr.

–Yo también te he echado de menos. No sé cómo he podido sobrevivir tanto tiempo sin las tres fastidiándome.

Eva fingió volver a enfadarse y Britt se acercó a la puerta para abrirla de par en par.

–¡Leila! –gritó Tyr, dispuesto a tomar en volandas a su hermana pequeña, pero se detuvo a tiempo–. Vaya. Estás embarazada.

–Muy embarazada –le confirmó esta riendo y llorando al mismo tiempo mientras lo abrazaba.

–Pero estás tan guapa como Britt me había dicho.

–Si te gustan los andares de hipopótamo, soy tu tipo –añadió, mirándolo fijamente, con cariño y preocupación–. No puedo creer que hayas vuelto. Te veo más delgado.

–Un poco –admitió él, estirándose la chaqueta–. ¿Vamos a la fiesta?

–Es mejor que no hagamos esperar más a los invitados –dijo Britt, mirándolo a los ojos antes de salir por la puerta.

Tyr entrelazó los brazos con los de sus hermanas y salió de la habitación.

Por primera vez desde que Jazz recordaba, Sharif no se había mostrado impaciente al darse cuenta de que no estaba preparada para salir hacia la fiesta a la misma hora que Britt y él.

–No hay prisa –le había dicho sonriendo–. Avísame cuando estés lista y pasaré a recogerte.

Le había costado mucho decidir qué ponerse, ya que había tomado la decisión de no socializar y no sabía cómo se esperaba que vistiese una princesa muy conservadora.

–Sonríe –le había aconsejado Jazz–, no hace falta que exageres con el tema de las tradiciones mientras estás con nosotros en el norte.

–Pero si me fotografían...

–El pueblo de Kareshi solo puede estar orgulloso de su princesa. ¿Cómo no va a estar orgulloso de ti cuando te vea con tu hermano, acompañados de una familia que os quiere tanto, Jazz?

Siempre era difícil discutir con Britt y en aquella ocasión había sido imposible, aunque Jazz había tenido que luchar contra sus demonios internos para mostrar su rostro en público. Sus padres habían abusado de sus privilegios y habían descuidado al pueblo, los habían dejado a Sharif y a ella al cuidado de niñeras mientras su madre se dedicaba a alardear de su belleza por todo el mundo. Y Sharif y Jazz habían crecido siendo conscientes del descontento del pueblo. Por ese motivo, cuando Sharif había heredado el trono, había intentado calmar los ánimos lo más rápidamente posible. Sharif era un hombre bueno y fuerte, amable y sabio, pero su agitada niñez en un país con unos gobernantes ausentes y en el que imperaba la corrupción había hecho que Jazz decidiese evitar más disgustos e intentar no volver a ofender a nadie.

–Deberías salir más de Kareshi –había insistido Britt cuando habían hablado de la ropa que Jazz vestiría para la fiesta–. Sería bueno para tu pueblo, y para ti.

Jazz estaba de acuerdo, pero Kareshi era un país impregnado de tradición. Sharif le había dado un trabajo en el picadero, lo que había abierto las puertas del mercado laboral a todas las mujeres de Kareshi, pero Jazz no quería poner en peligro su libertad enfadando a las facciones más tradicionalistas del país. Y era mucho más sencillo esconderse tras un velo que enfrentarse a una noche así. Se miró al espejo y deseó poder calmar su corazón. Su hermano y Britt ya se habían marchado para encontrarse con Tyr en la sede de Skavanga Mining antes de la fiesta.

Tyr.

A Jazz se le secó la garganta. Siempre se había puesto nerviosa antes de ver al gran vikingo, pero se dijo que las cosas habían cambiado. Era una mujer adulta, con responsabilidades, no una niña que se dedicaba a incordiar al mejor amigo de su hermano. Tenía que proteger sus sentimientos.

Aunque sabía que siempre podría contar con Tyr.

Al menos, había podido hacerlo hasta que este había desaparecido.

Se había preocupado mucho por él, y había rezado porque estuviese bien.

Tyr había vuelto.

¿Qué pensaría de ella? Había cambiado mucho, se había vuelto seria y silenciosa. Esa noche no le gastaría ninguna broma.

Pero no podría ir a la fiesta si no se tranquilizaba. Respiró hondo varias veces, cerró los ojos e intentó no pensar en Tyr Skavanga. Después de unos segundos, desistió.

Una vez en el hotel, Tyr se detuvo a la entrada del salón y sonrió.

–Qué bonito, Britt.

–No hay carteles de bienvenida –protestó Eva.

–No. Todo está como le gusta a Britt –comentó Leila con aprobación–. Muy elegante.

–Para celebrar el regreso de un guerrero –comentó Eva orgullosa, apoyando la mano en su brazo.

–Para celebrar la vuelta a casa –dijo él en tono amable.

No le cabía la menor duda de que Britt se había esforzado mucho. Las flores que había en los altos jarrones que flanqueaban la puerta doble de entrada eran blancas, elegantes. En la fotografía que Britt había elegido de él para colocar en el caballete aparecía riendo y relajado, antes de irse a la guerra, donde su vida había cambiado completamente.

–En carne y hueso pareces veinte años mayor –comentó Eva.

Sus otras dos hermanas la reprendieron.

–Ten cuidado con lo que dices, enana –le advirtió Tyr en tono de broma.

De repente, estaba tan animado que pensó que iba a ser posible que disfrutase de la velada.

–No tienes a Roman al lado –añadió–, así que podrías terminar bañándote en la fuente de chocolate.

Eva suspiró exageradamente.

–No me importaría morir bañada en chocolate.

–Callaos los dos –insistió Britt, haciendo uso de la autoridad que le otorgaba ser la mayor.

Tyr entró en el salón delante de sus hermanas y lo primero que vio fue a Jazz.

Capítulo 2

SANTO cielo!».

A Tyr se le aceleró el corazón cuando Jazz se giró a mirarlo. Era como si hubiese una conexión eléctrica entre ambos. ¿Qué era lo que le había dicho a Britt tan solo unos minutos antes? ¿Que iba a tratar a todos sus amigos por igual?

¿De verdad?

Nadie más tenía la oportunidad de acercarse a la princesa Jasmina de Kareshi en aquel salón. Britt había sido escueta en su descripción de Jazz, que no solo había crecido, sino que había florecido como una flor exótica y se había convertido en la mujer más bella que había visto nunca. Su nuevo aire de serenidad lo intrigó. Era como si hubiese creado un papel y estuviese decidida a desempeñarlo hasta el final.

Tyr suspiró, Jazz solo quería evitar la verdad.

«¿Un poco como tú?».

No, no tenía nada que ver con él.

Se echó el pelo hacia atrás y pensó en el fuego que había visto en la mirada de Jazz nada más entrar en el salón. Le recordó a la época en la que Su Descarada Real lo había fastidiado siempre que había podido. En esos momentos, concentrada en las mujeres que tenía alrededor, la calma había vuelto a sus ojos.

–¿Tyr?

Este se giró a mirar a Britt.

–Está guapa, ¿verdad?

Las preguntas de su hermana siempre tenían un trasfondo, así que respondió con cautela:

–Supongo que sí.

Había vivido solo demasiado tiempo como para compartir sus sentimientos con nadie, ni siquiera con Britt. Aunque tenía que haber imaginado que su hermana ni siquiera iba a necesitar hablar con él para saber lo que pensaba.

–No la disgustes, Tyr –le rogó–. Sé educado con ella y no te comportes como un vikingo. Jazz está intentando hacer todo lo posible por mantener una actitud conservadora para que los tradicionalistas no se revuelvan cuando Sharif siga haciendo cambios en Kareshi.

Britt sacudió la cabeza antes de continuar:

–Esta noche es muy difícil para ella, Tyr. Me refiero al hecho de estar en un ambiente con hombres, pero Jazz lo necesita. Su espíritu es libre... aunque eso ya lo sabes. Ha sacrificado más de lo que podemos imaginar por Kareshi.

–¿Su libertad?

–Tyr, por favor. No se lo pongas más difícil –le pidió Britt, apoyando la mano en su brazo–. Tú, mejor que nadie, sabes apreciar el valor del sacrificio. Así que salúdala, sé educado y después aléjate. ¿De acuerdo?

–Gracias por darme un guion, hermanita –comentó él en tono divertido.

–Solo te digo que no te metas con ella. Ya tiene bastante con lo que tiene.

–No tengo la intención de meterme con Jazz, pero

tendría que ser de piedra para no reaccionar ante una mujer así.

–Mantén tus sentimientos ocultos, Tyr. No hagas sufrir a Jazz. Siempre ha estado medio enamorada de ti. Y recuerda que llevas demasiado tiempo solo.

–Relájate, Britt, no estoy tan desesperado. No he sido un santo mientras estaba fuera.

–Es cierto que se puede encontrar el amor en cualquier parte, pero no pienso que Jazz esté buscando el amor que tú le puedes ofrecer.

–Espero que no esté buscando ningún tipo de amor –bromeó él.

–¿Por qué, Tyr? –le preguntó Britt–. ¿Te pondrías celoso?

–¿De los pretendientes de Jazz? –dijo él riendo.

Luego le ofreció el brazo a su hermana y se adentraron en el salón.

–Hay demasiados hombres en este lugar –comentó ella mientras los maridos de sus hermanas, Rafa y Roman, abrazaban a otro hombre–. Temo ahogarme con tanta testosterona.

–No te preocupes, yo te salvaré –le dijo Tyr.

–Eso es precisamente lo que me preocupa –murmuró Britt.

Se acercaron más a Jazz y Britt le lanzó una mirada de advertencia. Tyr le apretó cariñosamente el brazo para tranquilizarla.

–Me acuerdo de todo lo que me has dicho. Y respeto a Jazz. Siempre lo he hecho y siempre lo haré.

No oyó la respuesta de su hermana, acallada por los ruidos que lo rodeaban. Tenía la vista clavada en Jazz, a la que bañaba la luz de una enorme lámpara de araña. Estaba charlando de manera animada con un grupo de mujeres.

–No, Tyr.

Él se detuvo.

–¿No te acuerdas de lo que te he dicho? Jazz va a estar acompañada en todo momento, espero que no te entrometas.

Tyr sonrió de medio lado.

–¿Todavía piensas que me voy a abalanzar sobre ella?

–Conozco esa mirada. Jazz tiene la intención de llegar pura al matrimonio.

Él frunció el ceño.

–¿Qué estás sugiriendo?

–No la pongas en una situación comprometedora. Sé bueno con ella, Tyr. Jazz casi no ha salido de Kareshi desde que nació. Venir a Skavanga ha sido toda una aventura para ella.

–No tengo ninguna intención de molestar a Jazz. Si ha decidido vivir de acuerdo con las tradiciones de Kareshi, lo respeto.

–Me alegro, porque tal vez seas mi hermano al que adoro, pero si le haces daño a Jazz...

–No hace falta que lo digas, Britt.

–¿No?

Britt siguió su mirada, que estaba clavada en la mujer delgada y erguida vestida con un vestido largo y recatado, típico de Kareshi.

¡Y ella que había pretendido vivir de manera casta y pura! Su intención seguía siendo la misma, pero su cuerpo estaba reaccionando de manera inusitada. Nada más ver a Tyr Skavanga, se había excitado. Todos sus músculos se habían puesto tensos, tenía el corazón acelerado, lo mismo que la respiración, y todas sus terminaciones nerviosas estaban alerta. En situación de amenaza, todos los seres humanos, ya fuesen jeques, guerreros escandinavos como Tyr o la ultraprotegida hermana del jeque Sharif de Kareshi, reaccionaban de la misma manera.

Pero ella se obligó a controlarse y miró a su hermano para asegurarse de que Sharif no se había dado cuenta de su reacción al ver a Tyr.

No era el miedo a Tyr Skavanga lo que había hecho que se le acelerase el corazón mientras continuaba charlando con el grupo de mujeres que la rodeaba, sino la emoción de retomar una amistad de toda la vida que era lo más parecido al amor que jamás podrían tener. Pero ya no eran niños, y ella era la princesa soltera de Kareshi, lo que significaba que amar a un hombre que no perteneciese a su familia, por muy inocente que fuese aquel amor, estaba completamente prohibido. Sharif era un gobernante progresista, pero ella pensaba que las cosas tenían que ir despacio en un país atrapado en las tradiciones, y si esa noche estaba allí era solo porque era un acontecimiento familiar que no podía perderse.

Se había pasado tantos años pensando en Tyr que en esos momentos, en los que lo tenía tan cerca, no podía sacárselo de la cabeza. Nadie sabía dónde había estado Tyr durante todos aquellos años, salvo, tal vez, Sharif, que había sido su mejor amigo desde la niñez y que había guardado absoluto silencio acerca del paradero de Tyr Skavanga. Ambos habían asistido a una escuela militar de élite y habían formado parte de las Fuerzas Especiales, en las que habían condecorado a Tyr por su valentía, pero después este había desaparecido.

–En el desierto –había dicho Sharif sin más.

Y a pesar de no querer traicionar a su amigo, había explicado que estaba trabajando para reparar una infraestructura que se había visto dañada durante los años de conflicto anteriores a su ascenso al trono.

Al mirar a Tyr, Jazz se dio cuenta de que sus experiencias vitales lo habían cambiado. Tenía ojeras y líneas de expresión en el fuerte rostro. Y a pesar de que Jazz se había prometido no tener amigos que fuesen hombres fuera de la familia, no pudo evitar sufrir por él.

Y tambalearse cuando Tyr la había mirado.

La había mirado casi como si hubiese podido sentir su interés.

Le ardieron las mejillas y apartó la vista. Era probable que Sharif le hubiese contado a Tyr que, a pesar de estar trabajando y de parecer una mujer independiente, tenía unas obligaciones con Kareshi y solo estaba haciendo tiempo hasta que su hermano le organizase un buen matrimonio, un matrimonio ventajoso para Kareshi, por supuesto.

–Skavanga es un lugar muy glamuroso últimamente, ¿verdad?

Agradeció la distracción y se giró a sonreír a la señora que tenía al lado.

–Es la primera vez que vengo –admitió–, así que

solo sabía lo que mi hermano me había contado de un lugar al que ama.

–Antes de que se encontrasen los diamantes en la mina familiar –continuó la misma señora–, Skavanga era solo un pueblo minero situado más allá del Círculo Polar Ártico en el que todos vivíamos como podíamos, pero ahora el pueblo brilla como las piedras preciosas de las minas de tu hermano. Tenemos que dar las gracias al jeque Sharif por haber desempeñado un papel tan importante en la empresa que nos salvó.

–Es usted muy amable, pero ha sido mi cuñada, Britt, la esposa de Sharif, quien siempre ha estado al frente de la empresa minera de Skavanga.

La señora miró a Jazz con aprobación y después se puso de puntillas para susurrar:

–Me sorprende que esos tres hombres tan poderosos no echasen a Britt Skavanga del pueblo.

Jazz se echó a reír, lo mismo que el resto de las mujeres, al oír cómo hablaba la otra mujer de los tres ambiciosos hombres que habían creado la empresa que había salvado la mina.

–No pienso que mi hermano pudiese echar a su esposa del pueblo. Adora a Britt. Y si bien la empresa puso el dinero para extraer los diamantes, no sé si habrían podido hacerlo sin Britt –admitió Jazz.

–Britt Skavanga siempre ha sido una mujer de negocios brillante –confirmó otra mujer sonriendo.

–Y ahora la marca Skavanga Diamonds es conocida a nivel internacional –añadió la primera con admiración.

–¿Qué hacéis todas hablando de negocios cuando Tyr Skavanga ha vuelto a casa?

Jazz miró a la joven que acababa de intervenir y que, a su vez, tenía la mirada clavada en él.

–Seguro que estáis tan emocionadas como yo –continuó la chica mirando al grupo–. El mercado matrimonial vuelve a estar abierto, ¿no le parece, princesa Jasmina? ¿Ha tenido la oportunidad de hablar con Tyr Skavanga ya? Sé que su hermano, Su Majestad, y Tyr, eran muy amigos.

–Y siguen siéndolo –le confirmó Jazz en tono amable a pesar de que le molestaba que hablasen de Tyr, que era un hombre tan reservado.

¿Por qué no podía aceptar el interés de aquellas mujeres ni estar de acuerdo con ellas?

–¿Es él, el que está junto a la puerta? –preguntó otra mujer joven que acababa de acercarse.

–¿Cómo puedes dudar? –exclamó la primera con indignación–. Tyr Skavanga es con diferencia el hombre más guapo de este salón.

La recién llegada frunció el ceño.

–Pensé que había estado trabajando duro en el desierto.

–Pero supongo que se habrá dado una ducha después –dijo la señora mayor, haciéndolas reír.

Jazz comprendió que las demás mujeres se sintiesen atraídas por Tyr. Era moreno y alto, y parecía intocable, pero dominante al mismo tiempo. ¿Quién no querría conocer los secretos de un hombre así?

–Tiene buen aspecto, para haber estado viviendo como un nómada durante tanto tiempo –añadió otra mujer.

–Tyr ha estado trabajando en el desierto con los

nómadas –se sintió obligada a explicar Jazz–, pero es un pueblo que tiene una sociedad muy sofisticada.

La misma mujer fingió un bostezo.

–Qué romántico... tiendas beduinas ondeando al viento, largas noches en el desierto con un guerrero vikingo...

A esas alturas Jazz ya tenía un nudo en el estómago.

–Tyr estuvo en el desierto construyendo escuelas y buscando fuentes de agua limpias.

Cuando todo el mundo se quedó en silencio ella se dio cuenta de que se tenía que haber mordido la lengua. No había pretendido ser una aguafiestas, pero no soportaba oír hablar así de Tyr a personas que ni siquiera lo conocían, que no sabían el valioso trabajo que había estado realizando.

Tyr la miró y todo su mundo se vino abajo. Habría odiado saber que estaban hablando de él. Y ella también había participado en la conversación.

A Sharif no se le escapó nada, era tan agudo como el *khanjar*, la espada curvada que pendía de la vaina llena de joyas que llevaba en su cinturón durante las ceremonias. Y no tardó en estar a su lado.

–¿No te encuentras bien, Jasmina?

Ella se llevó las puntas de los dedos a la frente y aprovechó la situación.

–Hay mucho ruido, ¿no crees? Tal vez me retire pronto.

Tenía tantas ganas de marcharse como de quedarse. En realidad, no sabía qué quería hacer.

Así que haría lo que debía hacer, quedarse el tiempo necesario por educación y después retirarse sin llamar la atención.

–Avísame cuando quieras irte, Jasmina –le dijo Sharif.

–Lo haré. Gracias –respondió ella, tocándole la manga.

A pesar de parecer frío, Sharif era el hombre más bueno y considerado que conocía.

–Y si te incomoda encontrarte con Tyr, házmelo saber también.

–No me incomoda. Somos amigos de la niñez.

Odiaba engañar a su hermano y tuvo que respirar hondo varias veces. No había pensado que se pondría tan nerviosa.

La vista de águila de Sharif se clavó primero en Tyr y después en ella.

–¿Seguro que estás bien?

–Por supuesto que sí –respondió, sintiendo sus labios muy tensos.

–Tyr viene hacia aquí.

Britt no habría necesitado la advertencia, porque podía sentir la cercanía de Tyr sin girarse a mirarlo. Y entonces lo vio ponerse delante de ellos.

Jazz se quedó inmóvil mientras los dos hombres se saludaban, entonces su hermano retrocedió y ella se encontró cara a cara con Tyr Skavanga. Por un momento solo pudo estudiar su rostro y registrar todos los terribles cambios que había en él, y entonces se acordó de volver a respirar.

Capítulo 3

ES MARAVILLOSO volver a verte, Tyr.

–Igualmente, Jasmina.

¿Maravilloso? Qué palabras tan inadecuadas. Su mundo había estado vacío y en esos momentos estaba lleno. El robusto vikingo seguía siendo tan cautivador como lo recordaba, pero era doloroso ver cómo había cambiado. Tyr había vivido muchas cosas. Jazz tenía la sensación de que demasiadas, y eso se reflejaba en sus ojos. Su mirada parecía más dura y cínica, aunque la estaba mirando de forma casi burlona.

–Has cambiado, Jazz.

–Tú también –respondió ella jovialmente, a pesar de que los cambios en él la asustaban.

Los días de bromear con él habían quedado atrás.

–¿Qué tal estás, Jazz? –añadió, traspasándola con la mirada, como si le estuviese pidiendo que fuese sincera con él.

–Muy bien, gracias. ¿Y tú?

La tensión de su tono hizo que él volviese a mirarla como si aquello le pareciese divertido.

–Tienes buen aspecto.

Jazz sintió calor bajo su mirada y pensó que su decisión de mantener las distancias con los hombres era una tontería. ¿Cómo podía haber olvidado el efecto que tenía en ella la voz profunda y ronca de Tyr?

–Tenemos que encontrar tiempo para ponernos al día, Jazz.

A ella se le cortó la respiración al oír aquello. Tyr no tenía ni idea de lo que estaba sugiriendo. Ponerse al día implicaba tener una conversación íntima, los dos solos, algo que le estaba completamente prohibido. Con el único hombre con el que podía hablar a solas era con su hermano Sharif, pero este se alejó para saludar a otros invitados y ella se quedó sola con Tyr. Le ardieron las mejillas de vergüenza. Seguía habiendo la misma conexión entre ambos. El paso del tiempo no había hecho más que intensificarla.

Britt la salvó. Era la que había organizado la fiesta y, por lo tanto, la que más ocupada estaba aquella noche, pero aun así acudió en su ayuda al verla a solas con Tyr.

–Jazz, quiero presentarte a algunas personas. Discúlpanos, Tyr –le dijo sonriendo a su hermano antes de llevársela.

Jazz exhaló temblorosa mientras atravesaban el salón.

–Gracias por haberme rescatado.

–¿De esos dos dinosaurios? –dijo Britt riendo–. He sentido la tensión de Sharif desde la otra punta y cuando he visto que Tyr se acercaba he sabido que tenía que actuar.

Jazz se giró y vio que Tyr seguía observándola.

–Ven –le dijo Britt, agarrándola del brazo–. Quiero presentarte a mucha gente estupenda.

Jazz pensó que tenía mucha suerte de tener una

cuñada como Britt y valoraba la creciente amistad con las tres hermanas Skavanga, aunque dudaba que pudiesen comprenderla en relación al modo de vida que había escogido, ya que procedían de un mundo muy distinto al suyo.

–Te voy a presentar a un grupo de amigas muy agradables –añadió–. Dejemos que los hombres se preocupen.

Jazz se ruborizó. Todavía podía sentir la mirada de Tyr clavada en su espalda.

–¿Estás bien? –le preguntó Britt unos minutos después–. He visto cómo mirabas a Tyr.

La mirada de Britt era compasiva. ¿Se habría dado cuenta todo el mundo?

–Estoy bien –le aseguró ella.

Britt sonrió.

–A Tyr le importas –añadió en voz baja–. Nos importas a todos.

En un impulso, Jazz abrazó a Britt. Era lo más parecido que tenía a una hermana, pero, no obstante, su decisión de vivir de manera intachable para servir a su país seguía siendo férrea.

Jazz Kareshi estaba hecha toda una mujer. Tyr apretó los labios un instante, estaba haciendo todo lo posible por que la hermana de su mejor amigo no le resultase atractiva, pero no podía evitarlo. Jazz se había convertido en una mujer muy bella. Por suerte, su hermana Britt se la había llevado antes de que su interés hubiese sido demasiado obvio. Le había molestado que Sharif se hubiese interpuesto entre ambos cuando se había acercado a ella. Conocía a Jazz desde que era una niña, ¿por qué no podían hablar?

–Veo a Jazz feliz –comentó cuando Sharif se acercó a él.

Estaba decidido a averiguarlo todo de ella.

–Mi hermana siempre está feliz. ¿Por qué no iba a estarlo?

–Supongo que no hay ningún motivo –respondió Tyr–. Si estás intentando mantenerla alejada de mí, relájate. Es tu hermana y lo respeto. No haría nada que pudiese avergonzaros a ninguno de los dos.

–Jasmina ha decidido distanciarse del mundo moderno y es una decisión que ha tomado sola, yo jamás haría nada para intentar aislarla.

Tyr miró a los ojos a su amigo y supo que le decía la verdad.

–Piensa que es la mejor manera de tranquilizar a la parte más conservadora del país mientras yo voy haciendo cambios. Ambos queremos evitar el caos que reinó durante la época en la que gobernaron nuestros padres.

–Lo comprendo y lo respeto –le aseguró Tyr, siguiendo la mirada de Sharif hasta la otra punta del salón, donde estaba su hermana.

Tanto Sharif como Jazz estaban decididos a hacer todo lo posible por su pueblo, aunque eso significase sacrificar su propia felicidad.

–Debe de ser difícil, estar esta noche con hombres, quiero decir.

Ambos sonrieron al recordar que, de niña, había sido como un chico más, siempre dispuesta a vivir aventuras.

–¿Y tú, Tyr? –le preguntó Sharif mirándolo con preocupación–. ¿Estás disfrutando de la fiesta?

–Me ocurre como a Jazz. No estoy acostumbrado a estar con tantas personas al mismo tiempo –admitió muy a su pesar.

Tanto Jazz como él habían escogido vivir en soledad, pero por motivos diferentes.

–Pero le agradezco a Britt que haya organizado esta fiesta –añadió–. Tiene razón, necesito volver con las personas a las que quiero.

Aquello era cierto, pero allí había demasiada gente y demasiado ruido. Cinco minutos con Jazz, a la que no tenía que darle explicaciones porque eran amigos desde hacía mucho tiempo, le habrían bastado, pero no podía compartir aquella opinión con Sharif.

–Tyr...

–Ven...

Otro amigo. Otra fotografía.

Se dijo que tenía que ser más atento. Todo el mundo quería saber dónde había estado, qué había hecho, qué había visto. Y la única que brillaba como un faro en medio de la multitud era Jazz. Era un oasis en el desierto de su vida y la buscó ansioso con la mirada.

–Tengo la sensación de que en estos momentos preferirías estar en el desierto, Tyr.

Este salió de sus pensamientos para mirar a Sharif.

–Tienes razón.

Lo primero que se había grabado en su corazón había sido el silencio del desierto, y Sharif y Jazz eran una parte esencial de la tierra a la que amaba. Adoraba su país, un país duro, un terreno hostil. Y los quería a ellos. Trabajar en el desierto lo había tranquilizado, había hecho que no pensase en otras cosas, momentos feos de su pasado. Hasta aquella noche no había deseado reavivar los buenos sentimientos que parecían haber muerto en su interior, pero en esos momentos...

–Te deseo la mejor de las veladas, Tyr.

Volvió a mirar a Sharif.

–Pero mantente alejado de mi hermana.

Tyr tardó un instante en darse cuenta de que, todo el tiempo que habían estado hablando, había tenido la mirada clavada en Jazz.

–No haría nada que pudiese perjudicar a ninguno de los dos –le aseguró a su amigo.

Mientras hablaba, un grupo de invitados se llevó a Sharif de su lado, y Tyr pudo volver a mirar a Jazz sin interrupciones. Le costaba creer que la muchacha feliz y despreocupada a la que recordaba jamás pudiese volver a ser libre, y que lo mejor que podía hacer por ella fuese salir de su vida.

Intentó hacer como si no estuviese allí. Charló con otros invitados, pero no pudo concentrarse sabiendo que Jazz estaba en la misma habitación que él. ¿Se suponía que debían evitarse durante el resto de la noche? Tyr estaba tan tenso que se giró bruscamente cuando alguien le tocó el brazo. Se sorprendió al ver a una señora mayor.

–Disculpe –le dijo, suavizando la expresión–. Lo siento.

–No tienes que disculparte –respondió esta con una sonrisa–. Solo quería decirte que me alegro de ver a la familia Skavanga reunida. Y que me parece especialmente significativo ver aquí a la hermana del jeque Sharif. Ahora entiendo que la princesa Jasmina haya decidido vivir como vive. He estado hablando con ella antes y supongo que ha sido una decisión difícil de tomar, y que también le resulta muy complicado estar aquí esta noche. Es una chica preciosa. Tiene mucha suerte de tener un hermano que, como es evidente, la adora.

Tyr fue amable con la señora y le agradeció tener una excusa para mirar abiertamente a Jazz. Había sido prisionero de guerra durante un tiempo y entendía que la cautividad podía ser una condición tanto de la mente como del cuerpo, y en esos momentos sintió pena por Jazz, aunque la comprendió porque él también era un fiel cumplidor de su deber.

Como si hubiese sentido su interés, Jazz se giró a mirarlo y, por un instante, hubo en su expresión todo el cariño y la picardía del pasado.

–Bueno, no quiero entretenerte.

Tyr se dio cuenta de que se había olvidado de la señora y volvió a mirarla.

–Lo siento, me he distraído.

–¿Con la princesa Jasmina? –preguntó la señora sonriendo–. No me sorprende.

Él se encogió de hombros, divertido. Las personas que estaban allí, dándole la bienvenida, eran buenas personas, y debía mostrarles más respeto. Lo haría. A partir de ese momento, sería más educado e intentaría ceñirse a una única norma: tener claro que Jazz Kareshi estaba fuera de su alcance.

De repente, se dio cuenta de que se había formado

un grupo a su alrededor, y todos querían hablar de sus exóticos amigos de Kareshi. Una de las mujeres señaló a Sharif, cuyo aspecto era impresionante incluso para Tyr.

–El jeque es exactamente como me había imaginado a un guerrero del desierto –comentó entusiasmada–. Dime, Tyr, ¿qué os daban en ese colegio para ser todos tan guapos?

–Nada. Duchas frías y golpes con una vara –murmuró él distraído.

Había visto sonreír a Jazz y se preguntó qué le habrían dicho las jóvenes que estaban con ella. Dejó a las mujeres con las que estaba indignadas con los métodos del colegio y fue hacia ella. Solo había una mujer en aquel salón que llamase su atención y una mujer en el mundo capaz de provocar aquella respuesta en él. Había intentado reprimir sus sentimientos para sobrevivir y había pensado que ya jamás podría volver a sentir, hasta esa noche.

Britt estaba en el mismo grupo que Jazz y sonrió al verlo acercarse. Sharif, por su parte, lo fulminó con la mirada desde la otra punta de la habitación, él intentó tranquilizarlo en la distancia al mismo tiempo que le advertía que, aunque fuesen como hermanos, nadie le decía cómo tenía que vivir su vida. Aunque sí se preguntó si podía contagiar a un espíritu alegre como el de Jazz su oscuridad. ¿Acaso no había sufrido suficiente sin que él interfiriese? La libertad era un regalo que siempre había dado por hecho, pero Jazz era un buen ejemplo de que la vida no siempre era tan sencilla. Los límites de Jazz no se habían ampliado con el tiempo, sino todo lo contrario.

Jazz le dedicó otra mirada que hizo que recordase las bromas que se habían gastado de niños. Había sido una época inocente. Tyr decidió mantener una conversación breve y educada con ella y después marcharse. Le preguntaría por su trabajo. No le insinuaría lo que sentía cada vez que sus miradas se cruzaban. Eran buenos amigos. Y seguirían siéndolo. Siempre habían conseguido mantener aquella relación, aunque hubiesen estado meses sin verse.

«Pero eso era entonces, ahora todo ha cambiado».

Era cierto, no podían volver al pasado y el futuro era incierto, pero si algo se le daba bien era disfrutar del momento e iba a aprovechar la oportunidad para hablar con Jazz.

Capítulo 4

CUANDO Tyr estuvo lo suficientemente cerca para oírlas, Britt apartó un poco a Jazz del grupo y le explicó que había colocado tarjetas con los nombres en su mesa para evitar que tuviese que sentarse cerca de Tyr, o de cualquier otro hombre. Jazz se sintió más tranquila y volvió a pensar en la suerte que tenía de ser su amiga.

–Me alegro mucho de que hayas podido venir a darle la bienvenida a Tyr. La fiesta no habría sido igual sin ti, Jazz.

–Siento estar tan tensa.

–¿Te sientes incómoda porque hay hombres? –le preguntó Britt–. No me sorprende. Deberías salir más de Kareshi. Voy a hablar de ello con tu hermano.

–Por favor, no le des más preocupaciones a Sharif. Soy feliz en Kareshi. Ya sabes lo mucho que me gusta mi trabajo, y...

–¿Y que vives aislada por decisión propia? Sí, lo sé, Jazz... Pero podrías salir de vez en cuando del país.

–Sé que te cuesta comprender mi modo de vida, pero te aseguro que estoy haciendo lo que es mejor para mi país.

Britt negó con la cabeza.

–Aislarte del mundo no puede estar bien en ningún caso. También beneficiaría a tu pueblo que viajases más.

–No puedo olvidar que soy la princesa de Kareshi –argumentó Jazz, haciendo un esfuerzo por no mirar a Tyr–. Ni que ese título conlleva deberes y responsabilidades.

–Pero no una bola y una cadena.

Aquello hizo reír a Jazz.

–Estás exagerando. Cualquiera diría que soy mi propia carcelera.

–¿No es así? –le preguntó su amiga poniéndose seria–. Ten cuidado, no vayas a convertirte en una persona que no eres.

A Jazz le brillaron los ojos.

–¿En una bruja vieja y amargada, quieres decir?

–Eso es imposible –contestó Britt riendo–. Ahora, vamos a enfrentarnos a mi hermano.

–No te preocupes por mí –le dijo Jazz deseando que fuese verdad.

Tyr se detuvo un instante para comprobar que Sharif seguía hablando con el embajador y su esposa antes de acercarse a la mesa en la que su familia iba a cenar. No quería incomodar a Jazz, pero entonces Sharif llamó a su hermana.

Britt, por su parte, se acercó a Tyr.

–Te veo pensativo.

–Lo estoy.

–Pero vas a quedarte a la cena, ¿verdad?

–Por supuesto. Te agradezco mucho todo lo que has hecho por mí.

–Aunque seguro que habrías preferido algo más íntimo.

–No, mejor ver a todo el mundo de una vez.

Britt inclinó la cabeza.

–¿Para terminar con ello cuanto antes?

Tyr miró a su hermana divertido.

–Me conoces muy bien.

Las personas que había alrededor de Jazz se marcharon y esta se quedó sola, así que se acercó a la mesa bañada por un halo de luz.

Tyr se le había adelantado y estaba apoyado en una silla, mirando a su alrededor. Ella estaba a punto de darse la media vuelta para buscar a Britt, o a su hermano, pero Tyr le ofreció una silla.

–Jazz.

«Ningún hombre debería sonreírle así, de manera tan clara y seductora».

En Kareshi se pensaba que dos personas de sexo opuesto no podían mirarse a los ojos sin que hubiese ciertas implicaciones sexuales.

–Tyr.

Ella se preguntó si siempre se había sentido tan incómoda al tenerlo cerca.

Sabía cuál era la respuesta a esa pregunta. Nunca se habían sentido incómodos el uno con el otro en el pasado, pero en esos momentos había una tensión nueva entre ambos. Los dos habían cambiado en los últimos diez años.

Ya se había sentado cuando Jazz se dio cuenta de que Tyr había hecho caso omiso a los carteles que Britt había puesto en la mesa. Su amiga le había asegurado que no tendría que sentarse cerca de Tyr, así que este debía de haber cambiado los letreros.

¿Qué podía hacer al respecto? ¿Poner una excusa e irse al otro lado de la mesa? Le pareció que aquello sería de mala educación, ridículo, teniendo en cuenta que eran las dos únicas personas que estaban sentadas a la mesa. El corazón se le aceleró al ver sonreír a Tyr.

–Bueno, cuéntame qué has estado haciendo desde que me marché, Jazz.

Ella lo miró, sus ojos siempre la habían puesto nerviosa.

–No sé por dónde empezar –respondió riendo.

–¿Jazz?

Ella pensó que no debía estar allí, que no podía hablar con un hombre, mucho menos con Tyr Skavanga, un hombre que llamaba la atención de todas las mujeres, pero clavó la vista en sus ojos y no pudo apartarla.

–Ha pasado mucho tiempo, Tyr.

Él sonrió divertido y a ella no le extrañó, había dicho una tontería. Hacía muchos años que eran amigos y en esos momentos no se le ocurría ninguna pregunta que hacerle a pesar de que estaba ansiosa por conocer todos los detalles de su vida.

Tyr siguió mirándola fijamente, como si quisiera grabar cada detalle de su rostro en la mente. Aquello hizo que Jazz se sintiese incómoda, pero pronto se dio cuenta de que Britt iba hacia allí rápidamente. Y entonces recuperó la valentía y, sin apartar la mirada de la de Tyr, aceptó la conexión que había entre ambos y le dijo con la mirada que las cosas jamás volverían a ser iguales entre ellos, y que no debía bromear ni coquetear con ella como si siguiese teniendo diez años.

–¿Tyr? –inquirió Britt al llegar a su lado–. ¿Has cambiado tú las tarjetas?

–¿Tú qué crees? –respondió él, inclinándose hacia atrás en la silla y mirando a su hermana.

Pero Britt no pudo hacer nada porque varias personas más se habían acercado a la mesa y estaban esperando para sentarse.

Sharif y Tyr eran ambos muy educados, así que ayudaron a instalarse al resto de comensales, y cuando Britt iba a cambiarse de sitio con Jazz, Sharif la agarró del brazo y susurró discretamente:

–El embajador.

Jazz maldijo la etiqueta mientas Tyr volvía a sentarse a su lado. El embajador y su esposa eran los invitados de honor de Britt aquella noche, así que el embajador tenía que sentarse al lado de esta.

Cuando todos estuvieron sentados, Britt se acercó a ella y le preguntó en un susurro:

–¿Estás seguro de que quieres estar sentado al lado de Tyr, Jazz?

Esta sonrió.

–Por supuesto.

¿Qué otra cosa podía decir?

¿Era la única que estaba tensa en aquella mesa? Estaba haciendo todo lo posible por ignorar a Tyr, pero lo tenía tan cerca que todo su cuerpo estaba alerta. ¿Cómo iba a permanecer insensible a su calor, o a su irresistible presencia? Se había prohibido los placeres sensuales de la vida real y había adquirido el hábito de soñar despierta, pero en esos momentos no podía hacerlo. No podía permitir que su imaginación echase a volar y se obligó a no pensar en el hombre que tenía al lado.

Lo consiguió durante unos cinco segundos.

–¿Quieres agua, Jazz?

Lo miró a los ojos y se le aceleró el corazón.

–Sí, por favor –dijo en tono formal, distante, sin traicionar sus sentimientos.

–¿Va a quedarse mucho tiempo en Skavanga, princesa Jasmina?

Aliviada, se giró hacia la mujer que estaba sentada a su lado, pero no pudo apartar a Tyr de su mente ni dejar de pensar en su pelo grueso, rubio oscuro, que siempre estaba alborotado por mucho que se lo peinase. Llevaba barba de varios días, oscura y espesa, y Jazz podía oler su colonia. Todo en Tyr Skavanga era lo que había prometido evitar. Esa noche iba vestido completamente de negro mientras que el resto de hombres que había sentados a la mesa, salvo Sharif, iban vestidos de traje, con chaqueta y corbata. Tyr siempre había ido contra corriente.

–¿Más agua, princesa? –volvió a preguntarle él–. ¿O prefiere otra cosa?

–No, gracias –respondió ella de manera remilgada.

Pero Tyr la miraba con malicia. ¿Cómo se atrevía a mirarla así? Parecía comprender su inquietud interna. Siempre había podido leerle la mente. Era una capacidad que la había enfadado de niña, y que en esos momentos percibió intensamente. Y luego estaba su boca. Cuántas veces había imaginado que la besaban aquellos labios.

Pero en esos momentos debía olvidarlo.

–¿Estás segura? ¿No quieres más agua?

–Sí, estoy segura –respondió, notando que le ardían las mejillas.

Lo miró con el ceño fruncido, como tenía que haberlo mirado años antes, y eso le recordó la amistad que habían tenido.

–Tu servilleta, Jazz.

Ella respiró hondo mientras Tyr se inclinaba hacia ella. Tomó la servilleta y se la puso en el regazo. Notó el roce de la servilleta en los muslos y pensó que habría sido muy fácil seducirla. Tyr era una fuerza de la naturaleza. Cualquiera se habría sentido como ella, se aseguró.

–Estás preciosa esta noche, Jazz.

«¡No me puedes decir eso!».

Pero le gustó oírlo.

La mirada de Tyr al ver que no respondía fue cálida, divertida. ¿Acaso no sabía lo peligroso que era aquello? ¿No le importaba?

Eva la rescató tomando las riendas de la conversación en la mesa. Sonrió a su hermano, orgullosa, y le contó a todo el mundo que Tyr había nacido con una brújula y un mapa en las manos, y cuando todo el mundo se echó a reír, Jazz por fin pudo relajarse.

Pero la tranquilidad no le duró mucho.

–¿Qué piensas del espíritu viajero, Jazz?

¿Por qué tenía que hacerle Tyr aquella pregunta? ¿Por qué le hablaba? Lo miró a los ojos. Era el momento de dejarle las cosas claras.

–Siempre he pensado que no se está en ningún sitio como en casa, y por el momento no tengo ningún motivo para cambiar de opinión.

Salvo que Sharif le organizase un matrimonio que la llevase a otro país, a una nueva familia, en la que la cuidarían como a los valiosos diamantes que Tyr y su hermano extraían. Y a pesar de saber que tenía que haberlo dejado ahí, se giró hacia Tyr y añadió:

–Nunca he sentido la necesidad de moverme.

–Tal vez porque no lo has probado –respondió él, apoyando la barbilla en la mano y mirándola divertido.

–Tyr es un hombre al que es peligroso conocer y mucho más peligroso querer –comentó Eva desde el otro lado de la mesa.

Todo el mundo se echó a reír.

–Nunca sabemos cuándo va a volver a desaparecer –continuó, captando de nuevo la atención de todo el mundo–. Si parpadeo, es posible que cuando abra los ojos ya no esté aquí.

Hubo más risas, pero Jazz sintió dolor, como si Tyr los hubiese abandonado ya.

–No te preocupes. Voy a quedarme –dijo este dirigiéndose solo a ella.

Casi fue capaz de cumplir su promesa de dejar a Jazz en paz hasta que su hermana Britt subió al estrado desde el que iba a dar su discurso y las luces se atenuaron. Todas las miradas estaban puestas en ella, el salón se había quedado casi a oscuras. Sharif había girado la silla para escuchar a su esposa, lo mismo que el resto de los comensales de la mesa.

–¿Qué? –preguntó Jazz en un susurro–. ¿Puedes dejar de mirarme, Tyr?

–No.

Al parecer, Jazz decidió que, si tenía que hablar con él, lo haría con educación, de manera completamente inocua. Y Tyr estaba tan ensimismado que casi no oyó su pregunta.

Cuando la asimiló, frunció el ceño.

–¿Que si conseguí llevar agua a ese poblado? –repitió–. Sí. ¿Cómo sabes eso?

–No te preocupes. Sharif no te ha traicionado. Vi una factura de una potabilizadora de agua y supe que Sharif no tenía ningún proyecto en marcha, así que até cabos.

–¿Y el resultado fui yo?

–A veces tengo ideas originales que mi hermano no tiene por qué aprobar.

–Seguro que sí. ¿Ha sido una nota de diversión lo que me ha parecido oír en su voz, Princesa?

Ella arqueó una ceja.

–¿Tan aburrida soy?

Él hizo una pausa antes de responder.

–Has cambiado.

–No te burles de mí, Tyr. Ya no tengo dieciséis años.

–Ya lo veo.

–En ese caso, no deberías estar mirándome.

Después de aquello hubo un silencio.

Los discursos terminaron y se entregaron algunos premios. Las luces se volvieron a encender y Britt volvió a la mesa, donde Sharif la felicitó. Tyr se fijó en que su amigo era distinto cuando estaba con Britt; esta apaciguaba al guerrero, cosa que él también necesitaba.

Necesitaba cualquier cosa que pudiese distraerlo de lo que sentía por Jazz.

–Eres como un volcán a punto de estallar –le dijo Eva, consciente de su tensión–. Pareces Thor sin el martillo, salvo que lo tengas debajo de la mesa.

Él sonrió divertido, Eva lo conocía demasiado bien. Era consciente de su instinto cazador. Era un lobo mientras que Jazz era como un pétalo que corriese el peligro de ser pisoteado. Vio cómo Britt convencía a Sharif para ir a bailar y su instinto cazador se agudizó, el resto de las parejas de la mesa los siguieron, dejándolos solos con otra pareja de más edad que estaba concentrada en su propia conversación.

–Entonces, princesa Jasmina.

Esta respiró hondo y volvió a mirarlo.

–No hace falta que finjas conmigo, Tyr. Me has llamado Jazz desde el día que nos conocimos, y para ti sigo siendo Jazz.

Aquello lo sorprendió. Se dijo que tal vez Jazz hubiese cambiado por fuera, pero que por dentro seguía siendo la misma chica. Buscó sus ojos, pero ella apartó la mirada negra y se puso tensa cuando un grupo pasó por su lado y se inclinó por respeto a su rango.

–Que no te moleste –comentó Tyr al verla morderse el labio inferior, incómoda–, para ellos no eres la niña aventurera que eras para mí. Eres una princesa.

–No he hecho nada para merecer ese título.

–Pero lo harás –le aseguró él, aliviado al ver que al menos estaban hablando.

–Tal vez tengas razón –admitió Jazz con un suspiro–, pero no me siento distinta a los demás, salvo...

–¿Qué?

–Salvo que pienso que deberías inclinarte ante mí –añadió en tono de broma, como en el pasado.

–¿Y por qué debería hacerlo, Princesa?

–Porque a los señores de la guerra vikingos los tienen que poner en su sitio las princesas del desierto.

–¿Y qué sitio es ese?

Jazz se ruborizó, poniéndose muy atractiva.

–Preferiblemente, una mazmorra –le respondió, como si se hubiese dado cuenta de que aquella conversación ya había ido demasiado lejos.

–Pensé que no le tenías miedo a nada.

–Y no se lo tengo.

–Si hay algo que pueda hacer por ti, en ese momento y tal vez solo en esa ocasión, me inclinaré ante ti.

Por primera vez en su vida fue el primero en romper el contacto visual. Si cualquier otra mujer lo hubiese mirado como lo había mirado Jazz, habría imaginado un final muy diferente para aquella velada. Era el momento de recordarse a sí mismo que Jazz era una chica inocente y no conocía las reglas del juego.

No obstante, no pudo contenerse.

–Tienes buen aspecto, Jazz. Es evidente que la vida te trata bien.

–Muchas gracias –respondió ella–. Tú también tienes buen aspecto.

Aquello le resultó divertido.

–No hace falta que seas educada conmigo.

Jazz lo miró con preocupación y él añadió:

–No le des más vueltas. Estamos en una fiesta, ¿recuerdas?

–Una fiesta en tu honor, Tyr, así que me temo que tienes que aceptar que importas a muchas personas. Después de tanto tiempo fuera, dudo que nadie sepa cómo comportarse contigo.

Él apoyó la espalda en el respaldo de la silla. Le gustaba aquella nueva Jazz. Debajo de aquel exterior remilgado había un gran reto, aunque seguía prefiriendo a la niña salvaje del pasado. Aquella nueva versión de Jazz era un instrumento encordado de manera muy tensa y que solo tocaba la restrictiva melodía que Jazz se autoimponía.

–Quizás te ayudaría hablar de las cosas que son importantes para ti, Tyr, como los ideales por los que luchas.

–¿A qué te refieres? –le preguntó él, poniéndose tenso.

–Por ejemplo, la libertad –respondió Jazz muy tranquila.

–¿La libertad? –repitió Tyr riendo con incredulidad–. ¿Y qué sabes tú de eso?

–¿Qué quieres decir? –protestó ella–. Soy libre.

–¿De verdad?

No pudo mirarlo a los ojos, y entonces susurró:

–Para mí tú siempre has representado la libertad, Tyr.

–¿Sí?

A Tyr se le acababa de encoger el corazón al oír aquello.

–Siempre has hecho lo que has querido, Tyr –le explicó ella–. Podías ir adonde quisieras, hacer lo que quisieras, cuando quisieras.

–Tú también puedes hacerlo –le respondió él mirándola a los ojos–. Estamos en el siglo XXI.

–En Kareshi, no –dijo Jazz sonriendo–. Y deberíamos dejar de hablar de esto antes de que alguien nos haga una fotografía charlando juntos.

–Britt no permitiría que ningún fotógrafo se acercase a cien kilómetros a la redonda –la tranquilizó Tyr al ver que miraba a su alrededor con nerviosismo.

–No te burles de mí, Tyr –le pidió ella preocupada–. No tienes ni idea de cómo es la situación de Sharif en Kareshi. Está haciendo todo lo posible por ayudar a nuestro pueblo, pero sigue habiendo una minoría que está en contra del progreso. Y yo estoy haciendo lo que puedo para apaciguarla.

–De eso se puede encargar la opinión pública –argumentó él–. No creo que nadie esté teniendo en cuenta todos los sacrificios que haces, pero vas a arruinarte la vida tú sola.

–¿Y si quiero hacerlo?

Tyr guardó silencio y Jazz sacudió la cabeza.

–Tenía que haber sabido que no lo entenderías. Te pareces demasiado a Sharif. Él también opina que estoy yendo demasiado lejos.

–¿Y no es cierto?

–Sois como hermanos –dijo Jazz, ignorando su comentario–. Los dos podéis hacer lo que queréis, cuando queréis, y pensáis que todo el mundo tiene ese derecho, pero para mí la vida no es así. Soy princesa de Kareshi y tengo el deber de defender unos valores.

–¿Y qué implica eso? –preguntó él a pesar de que ya conocía la respuesta, más sacrificio y aislamiento para Jazz.

–Habrá que ver qué nos depara el futuro –respondió ella–. El emir de Qadar ha contactado con Sharif.

Tyr no supo qué significaba aquello, pero no le sonó bien.

–Sería una buena pareja para mí, Tyr. Nuestros países comparten frontera.

–¿Estás hablando de casarte? –le preguntó él con incredulidad.

Jazz se ruborizó.

–Es solo el inicio de las negociaciones.

Tyr arqueó una ceja.

–¿Ahora te utilizan como moneda de cambio?

–Por supuesto que no. Sharif jamás me casaría con alguien con quien no fuese a llevarme bien.

–¿Llevarte bien? –espetó él con repugnancia–. ¿No se supone que debes amar a la persona con la que te casas?

–¿Amarlo? –preguntó desconcertada–. Si ni siquiera lo conozco.

–¿Y te parece sensato?

–Lo he visto.

–¿Lo has visto? –repitió Tyr–. Ah, entonces está bien.

–No te burles de mí. Es una costumbre en Kareshi.

–La libertad de amar debería ser la costumbre en todos los países del mundo.

–Sharif ya ha roto la tradición permitiéndome trabajar, y sé que si me quedase en Kareshi podría conseguir muchas cosas, pero si casándome con el emir puedo quitar parte del peso que recae sobre los hombros de Sharif...

–Sharif es un hombre adulto –la interrumpió él–, que ha demostrado que sabe gobernar. ¿Qué pasa con tu vida, Jazz? ¿Qué pasa contigo?

–¿Conmigo?

Tyr no supo cuál de los dos estaba más sorprendido por su apasionada reacción.

–Kareshi es mi vida –insistió ella–. Y haré todo lo que pueda para ayudar a mi país.

–Te estás repitiendo, Jazz. Si de verdad quieres ayudar a tu país, ¿por qué no te quedas en él?

–Pero el emir... ya le he dicho a Sharif que voy a conocerlo.

–Puedes cambiar de opinión –le dijo él, mirándola fijamente.

Jazz apartó la vista y suspiró.

–No quiero hacerlo –admitió–. Si mi matrimonio con el emir beneficia a Kareshi, me casaré.

–Pues a mí me parece indignante.

–Por supuesto, Tyr, pero tú no formas parte de la familia real de Kareshi. Eres libre para hacer lo que quieras. Yo no. Es así de sencillo.

–Nada es sencillo –replicó él.

Apretó los dientes, furioso, y tuvo que recordarse que estaba en una fiesta y que lo mejor para ambos era tranquilizarse. Al menos, por el momento.

Capítulo 5

NO PUDIERON seguir hablando porque Britt y Sharif volvieron a la mesa. A pesar de que era amigo de Sharif de toda la vida, Tyr no podía creer que este estuviese de acuerdo con la decisión de Jazz, o que ninguno de los dos hubiese intentado hacerla cambiar de opinión.

–Cálmate, Tyr.

La voz de Jazz, baja, insistente, hizo que la volviese a mirar.

–Me estás haciendo sentir incómoda –le explicó ella–, y la gente se va a dar cuenta.

–Tú también me haces sentirme incómodo con eso de que te van a organizar un matrimonio de conveniencia con un hombre al que ni siquiera conoces –replicó él–. ¿Qué te hace pensar que has cambiado tanto, Jazz? Hace unos años te habrías echado a reír solo de pensarlo.

–Sí, pero ambos hemos crecido, y yo puedo hacer algo para ayudar a mi país.

Él sacudió la cabeza y la miró con cinismo.

–La alianza de los dos países será buena para Kareshi.

–Pero Kareshi es un país rico y tu hermano un gobernante sensato. No entiendo que acceda a sacrificar a su hermana solo por interés político.

–Si Sharif piensa que eso me hace feliz...

–¡Ja! No me puedo creer que Sharif esté de acuerdo.

–Intenta bajar la voz, por favor.

–Lo que quieras, princesa, pero me parece que no lo has pensado bien.

–No voy a discutir contigo. Solo te he contado lo que voy a hacer.

–¿Qué fue de la niña a la que yo conocía?

Jazz lo miró mal, aunque en el fondo había algo en su mirada que sugería que estaba de acuerdo con él. Era triste que su testarudez no le permitiese admitirlo.

Como si hubiese sentido que ocurría algo, Sharif los miró. Tyr intercambió una mirada con su amigo y este se encogió de hombros. Jazz siempre había sido muy obstinada. Cuando se le metía algo en la cabeza, no había manera de sacárselo.

Después de tanto tiempo sin sentir nada, Tyr se sintió abrumado por la necesidad de ayudar a Jazz. Quería estar muy cerca de Jazz Kareshi.

Otro motivo más para hacer como si no estuviese allí.

La velada se estaba convirtiendo en un infierno.

Y estaba a punto de empeorar.

Suspiró frustrado y Jazz lo miró de una manera que lo volvió loco.

–No juegues conmigo, Jazz –le advirtió en un susurro.

–No estoy jugando.

Entonces, eran sus ojos, y sus labios, los que estaban jugando con él. Y sus mejillas sonrojadas la traicionaban más que cualquier excusa que intentase poner. Las leyes de la atracción no hacían prisioneros. Ni se compadecían de un guerrero reservado al que esa noche se le había abierto la coraza, ni de una princesa conservadora que acababa de redescubrir sus alas.

–Tyr.

Levantó la vista y se sintió aliviado al ver a su hermana Britt, que tenía una mano apoyada en el respaldo de su silla y la otra en la de Jazz.

–¿Os estáis divirtiendo?

Él prefirió no decirle la verdad y aguarle la fiesta.

–Lo estoy pasando muy bien. Ha sido estupendo, tener la oportunidad de ponernos al día.

–¿Lo has dicho de verdad? –le preguntó Jazz en un susurro cuando su hermana se marchó.

–Me he enterado de muchas cosas –respondió él.

–¿Y por qué me estás mirando así, Tyr?

–¿Te estoy mirando fijamente?

Lo extraño habría sido no hacerlo, a pesar de que el vestido azul que llevaba era tradicional y la cubría de los hombros a los pies. Llevaba el pelo negro, largo hasta la cintura, cubierto por un velo de gasa y estaba preciosa.

–Tyr –le advirtió ella, mirándose las manos–, ¿puedes dejar de mirarme, por favor?

–No puedo evitar mirar lo más interesante de todo el salón.

–Sí puedes evitarlo. Ya no soy una niña, no puedes bromear ni coquetear conmigo como lo hacías antes –dijo Jazz sacudiendo la cabeza–. ¿Es que no lo entiendes? ¿O acaso pretendes hacerme la vida todavía más difícil?

–Es lo último que quiero, princesa, pero lo normal es mantener una conversación con la persona que se tiene al lado en la mesa.

–Eres incorregible.

Jazz tomó su copa y giró el rostro hacia Britt.

–Quiero proponer un brindis por una mujer maravillosa y una gran amiga: la esposa de mi hermano, Britt. Quiero darte las gracias en nombre de todo el mundo por el trabajo que has hecho para que esta noche fuese una velada maravillosa. No podría quererte más ni aunque fueses mi propia hermana.

Jazz hizo una pausa, emocionada, antes de continuar:

–El acto benéfico de esta noche significa mucho para todos los que estamos sentados a esta mesa. También hemos podido darle la bienvenida a Tyr.

Jazz lo miró y Tyr supo que la fiesta se terminaría pronto, pero que las repercusiones de la misma los afectarían a todos.

Habían pasado un par de días, pero seguía resultándole extraño estar en casa con sus hermanas después de tanto tiempo. Britt, Eva y Leila se habían deshecho de sus maridos para poder pasar el día con él, y con Jazz. Al menos, eso era lo que le habían dicho, aunque llevaban media hora hablando entre susurros exclusivamente con Jazz, como si él no estuviese allí.

–No escuches –protestó Eva al ver que las miraba–. Ponte a ver deportes en la televisión.

Qué suerte, le permitían estar en la misma habitación siempre y cuando las ayudase a abrir el bote de frutos secos y les sirviese los refrescos. Estaba sentado frente a la televisión, con los pies encima de la mesita y una cerveza en la mano, y hasta ese momento había sido invisible.

–¿Te importaría hablar más alto? No te oigo.

–Está bien. Jazz está en apuros.

–¿En apuros? ¿Qué quieres decir? –preguntó él, girándose a mirar a Jazz.

–Nada –respondió esta.

–Ahora que habéis empezado, me lo tenéis que contar todo –dijo él, fijándose en que Jazz se había ruborizado.

–Jazz ha recibido hoy una propuesta oficial del emir de Qadar.

–¿Qué clase de propuesta? –volvió a preguntar, decidiendo hacerse el tonto.

–Por Dios santo –exclamó Eva–. Eres un hombre, tienes que saber de qué estamos hablando.

Tyr se encogió de hombros.

–Estoy seguro de que me lo vas a aclarar.

Eva chasqueó la lengua y se acercó a contarle todos los detalles.

–Una proposición de matrimonio, tonto. Y cuanto antes.

¿Cuánto antes? Tyr no quería oír más.

–¿Del emir de Qadar? –dijo por fin, fingiendo estar impresionado–. Es un país grande. Un título importante. Y supongo que todo un cumplido para Jazz, ¿no?

Eva tomó aire para responder, pero Britt la frenó apoyando una mano en su brazo.

–¿O no? –inquirió él.

Eva frunció el ceño, Leila se mordió el labio y Britt puso gesto preocupado. Jazz apartó la mirada.

–¿Nadie me lo va a contar? –preguntó.

–¿Puedo hacerlo yo? –le preguntó Eva a Jazz.

Esta se encogió de hombros, parecía resignada.

–Adelante. De todos modos, pronto será del dominio público.

Eva respiró hondo y miró a Tyr a los ojos.

–Tal vez no sea del todo un cumplido. El emir ha insistido en que Jazz tiene que llegar virgen al matrimonio.

Tyr se puso en pie de un salto, pero entonces recordó que debía actuar como un amigo preocupado, no como un futuro amante enfadado. Hizo un gesto de tranquilidad con las manos y miró a Jazz.

–Perdóname. Esto no es asunto mío, pero no sabía que todavía hubiesen hombres que exigiesen semejante cosa a una mujer. Supongo que debe de ser difícil, imposible, hablar del tema conmigo...

Fue hacia la puerta. Tenía ganas de darle una patada, o un puñetazo.

–No, quédate –le pidió Jazz en voz baja–. Es mejor que lo sepas todo.

Él se apoyó en la puerta.

–De acuerdo.

Parecía tranquilo, pero en realidad estaba muy preocupado por Jazz. ¿Con qué clase de neandertal iba a casarse?

–Jazz debe hacer lo que es mejor para ella –comentó Leila, su hermana más pacificadora–. Nosotros no entendemos lo que supone ser la princesa de

Kareshi, pero te apoyaremos independientemente de la decisión que tomes, Jazz.

Esta también se puso en pie.

–Lo sé –admitió, claramente conmovida por su preocupación–. ¿Os importa perdonarme un momento?

–Por supuesto –respondieron los Skavangas al unísono.

Tyr se apartó para dejar pasar a Jazz, pero después hizo lo que pensó que debía hacer a pesar de que sabía que sus hermanas no lo aprobarían.

Cerró la puerta, pero después de haber salido él también.

–¿Qué estás haciendo? –inquirió Jazz.

Él fue directo al grano.

–¿Lo has pensado bien? –le preguntó, agarrándola de los brazos.

Jazz bajó la vista a sus manos y, por un momento, sintió ganas de dejarse llevar por la pasión, pero respiró hondo y lo miró tan compungida que Tyr tuvo que soltarla.

–Leila tiene razón –susurró ella–. Sé que no le entendéis, pero al menos tengo que considerar la proposición del emir, por todos los beneficios que podría tener para Kareshi.

–¡Tonterías! Ya te lo he dicho antes, esto no te beneficia a ti y lo sabes. Lo veo en tu rostro.

–Sabía que tenía que haber venido con el velo –murmuró esta.

–No es una broma, Jazz. Estamos hablando de tu vida.

–Exacto –replicó ella levantando la barbilla–. Es mi vida. Ahora, ¿me dejas marchar, por favor?

Miró hacia el cuarto de baño y Tyr la dejó pasar, la vio alejarse y se preguntó cómo iba a poder vivir consigo mismo si hacía lo que Jazz le estaba pidiendo: retroceder y no hacer nada.

Jazz se marchó poco después de aquello. Se despidió de sus hermanas con besos y abrazos, pero a él casi no lo miró. El resto de la tarde pasó en un silencio abrumador. Tyr subió el volumen de la televisión y sus hermanas estuvieron charlando en voz baja, sentadas a la mesa. A él no le interesaba su conversación. Ya sabía de qué estaban hablando. Y tenía una opinión clara al respecto, pero no la iba a compartir con nadie.

No se movió hasta que su teléfono móvil sonó y entonces se fue a hablar a otra habitación.

–¿Sharif? No ha ocurrido nada malo, ¿verdad? –preguntó.

–Sí y no. Te necesito en Kareshi, Tyr.

Él pensó en Kareshi. Y en Jazz. Y supo cuál tenía que ser su respuesta.

–Pero no quiero que te preocupes, no ha ocurrido nada malo –le confirmó su amigo–. He tenido que marcharme de manera precipitada porque tenía un asunto que atender.

–Lo comprendo.

La comunicación era mala y Tyr supuso que era porque Sharif estaba viajando.

–Los habitantes de Wadi nos han pedido ayuda para poder conectarse a Internet, y necesitan a alguien que les enseñe a utilizarlo. Siento tener que pedirte que vuelvas tan pronto, pero no encuentro a nadie más que pueda hacerlo. Ya sabes que viven aislados, y que confían en ti.

Él frunció el ceño al recordar que había prometido volver a Wadi en cuanto se hubiese reencontrado con sus hermanas.

–No puedo dejarlos tirados.

–¿Cuándo puedes venir?

–¿Mañana te parece bien?

–Me parece perfecto.

Cuando volvió al salón, el rostro de Britt estaba rígido.

–Déjalo, Tyr.

–¿El qué?

Ya estaba haciendo planes para volver a Kareshi, allí tendría la oportunidad de ver a Jazz otra vez, y de poder continuar su discusión. No podía quedarse sentado sin hacer nada.

–A Jazz. Deja a Jazz en paz –insistió su hermana–. Y no me digas que no estabas pensando en ella. Conozco esa mirada. Piensas que han obligado a Jazz a tomar esa decisión.

–Todavía no la ha tomado –puntualizó él–, así que todavía puede cambiar de opinión, y si la veo en Kareshi, se lo diré.

–¿Estás sugiriendo que Sharif sería capaz de obligarla a hacer algo que no quiere hacer? –inquirió Britt.

Leila se interpuso entre ambos al ver que se acaloraba la discusión.

–No, Tyr no ha dicho eso, Britt.

Entonces intervino Eva.

–Deberías contárselo, Britt.

–¿El qué? –preguntó Tyr.

–Sé que acabas de hablar con Sharif –empezó Britt–, este ya me había dicho que iba a llamarte...

–¿Y?

–Cálmate, Tyr, deja que te explique –le pidió su hermana–. Jazz no estará en Kareshi cuando tú vayas, y lo más probable es que tú ya te hayas marchado del país cuando ella regrese. Y, antes de que me lo preguntes, tampoco está en Skavanga.

–¿Y a dónde ha ido?

–Se ha marchado de Skavanga con Sharif.

–Dime que no han ido a Qadar –comentó él, poniéndose tenso.

–No –le aseguró Britt–. Y antes de que te enfades, te diré que creo que ha sido culpa mía. Le dije a Sharif que se llevase a Jazz de Kareshi para que pudiese ver las cosas desde otra perspectiva. Así que se han ido a Milán, a ver desfiles de moda.

–¿Desfiles de moda? –repitió él riendo–. ¿Es que Sharif no conoce a su hermana? Lo que hace feliz a Jazz es estar en el desierto, montando a caballo.

–Tyr –intervino Leila antes de que este saliese por la puerta–. No hagas nada que pueda perjudicar a Jazz. Sharif está intentando que se olvide del emir y su proposición. Quiere que, al menos, tenga la oportunidad de pensarlo con tranquilidad antes de hacer algo de lo que podría arrepentirse durante el resto de su vida.

–Pero no he podido despedirme de ella.

–Pareces confundido –le dijo Leila.

–Es que no entiendo que Jazz haya decidido vivir así.

–¿Adónde vas ahora?

–Todavía no lo sé –respondió él con toda sinceridad–, pero te prometo que en esta ocasión mantendré el contacto.

Le dio un abrazo y un beso en la cabeza a su hermana. Odiaba dejarlas así, pero tenían maridos que las cuidaban mientras que Jazz no tenía a nadie.

A nadie, salvo a un ejército de guardaespaldas que vigilaban todos sus movimientos. Una vez más, Jazz iba a permanecer ajena a la realidad. Y así no podía tomar una decisión correcta acerca de su futuro.

Capítulo 6

HABÍA pensado que, si se quitaba de en medio hasta que se hubiese organizado su boda con el emir de Qadar, después sería demasiado tarde para hacer algo al respecto. La decisión no dependería de ella. Y estaría haciendo lo correcto para Kareshi.

Pero las tres hermanas Skavanga le habían dado su opinión, Britt, que era una mujer de negocios, le había sugerido que le parecía fatal que un país tan rico como Kareshi se uniese a Qadar, que era mucho menos solvente. Por su parte, Eva había comentado que nadie en su sano juicio querría pasar el resto de su vida con un hombre con el que nunca había estado en la cama. Por último, Leila también le había expresado su preocupación.

Y luego estaba Tyr.

Y Sharif.

Y el hecho de que, a pesar de estar en primera fila en los desfiles de moda, no se sentía bien. Si volvía a ver otro trapo asimétrico paseado cual obra de arte, acabaría vistiéndose con un saco para su boda.

Su boda.

Sin duda, era el momento de volver a Kareshi antes de echarse atrás. Se preguntó si las negociaciones matrimoniales entre Kareshi y Qadar habrían terminado. E incluso en su mente le sonó mal. ¿Cómo iban a casarse dos países?

Suspiró con tanta fuerza que las personas que estaban sentadas a su lado la miraron sorprendidas y ella se dio cuenta de que sus planes de boda no tenían sentido. ¿Cómo iba a ayudar a su pueblo si estaba en Qadar? Necesitaba alejarse de las luces y la música y volver al desierto, donde podría reflexionar acerca de sus planes de futuro. Sacó el teléfono para empezar a planear su viaje y se dio cuenta de que acababa de recibir un mensaje de Eva.

Tyr está trabajando en el poblado de Wadi.
¿Y?
Y buenos días, Princesa Puritana.
Eva, ¿qué quieres que te diga?
Si la frustración sexual te está impidiendo pensar con claridad, llama por favor a este teléfono de asistencia...
¡EVA!
Pensé que querrías saberlo. ¿Qué tal los desfiles?
Aburridos.
¿Y qué haces todavía allí?
Eso mismo me estaba preguntando yo.

Jazz se quedó pensativa un momento y después hizo la pregunta que le rondaba en la cabeza.

¿Qué está haciendo Tyr en Kareshi?
Lo que seguro que no está haciendo es buscar una

presa fácil para la danza de los siete velos, como el malvado emir de Qadar, de eso estoy segura.

¡¡EVA!!

¿Cómo vas a ayudar a Kareshi si te tienen atada a la cama en otro país?

No estoy segura de que al emir le gusten esas prácticas.

¿Y estás dispuesta a arriesgarte?

Jazz tardó unos segundos en asimilar la pregunta, cambió de postura en la silla, se sentía incómoda.

Está bien, me rindo. Tyr está trabajando con la conexión a Internet de Wadi, así que si te das prisa...

¿Qué tiene que ver eso conmigo?

Necesita champán y chicles para mantener la cordura, se los podrías llevar.

No voy a ir a Wadi.

Por supuesto que sí.

Hubo otra pausa, y después Jazz volvió a escribir otro mensaje:

Te echo de menos, Eva.

Y yo a ti. ¿Nos vemos en Kareshi?

Nunca digas que no a una tienda beduina.

Mientras se guardaba el teléfono en el bolso, Jazz pensó que podía formar parte del mundo de Eva, y parte del nuevo mundo que Sharif estaba construyendo en Kareshi, o podía convertirse en la Princesa Puritana, en una vieja bruja amargada. Se levantó el dobladillo del vestido largo de seda para sortear las enormes bolsas y los pequeños pies que había en su camino y salir de aquella isla de fantasía y volver a la realidad. Llevaba demasiado tiempo evitándola.

Jazz supo que había tomado la decisión correcta de volver a Kareshi en cuanto el helicóptero real se elevó sobre la llanura de hierba que rodeaba el palacio de Sharif.

Todo el mundo describía aquel lugar como un jardín en el desierto, y eso era gracias a su hermano.

Sharif era su ídolo. Y el ídolo de Kareshi. Jazz esperaba poder igualarlo algún día.

Pero no podría hacerlo si se marchaba a Qadar.

No obstante, seguía sintiéndose culpable por no cumplir con su deber. El sueño de ambos hermanos era que todos los habitantes de Kareshi viviesen en armonía, y en esos momentos ella se preguntó si no habría llevado su cruzada personal demasiado lejos. Sharif nunca le había pedido que apaciguase a los tradicionalistas casándose con el ultraconservador emir de Qadar. ¿Cómo era posible que aquella idea le hubiese parecido la única solución sensata? En esos momentos, lo tenía claro. Tenía que quedarse allí. Era el lugar al que pertenecía.

Apoyó la cabeza en el respaldo mientras consideraba aquel cambio de planes y se dio cuenta de que el helicóptero ya estaba sobrevolando el poblado de Wadi. Donde Eva le había dicho que estaba Tyr.

Este tenía una afinidad especial con el desierto, que era lo que los había unido de niños. Jazz se preguntó qué estaría haciendo y si estaría solo. No podía estar solo, necesitaba amistad y cariño para borrar las sombras que oscurecían sus ojos. Le dio las gracias a Eva por haberla sacado del camino equivocado y haberla hecho ir allí. Allí había personas que la necesitaban mucho más que el emir de Qadar. Personas como Tyr, cuya alma estaba herida, y que había ido al desierto a encontrar la paz. Quería ayudarlo, pero no sabía si él se lo iba a permitir.

Jazz cambió de postura y se dijo que tenía que dejar de soñar con Tyr Skavanga y con lo que este significaba para ella. Él le había dejado claro en la fiesta que no quería ni necesitaba su compañía. Y ella no podía salvar al mundo.

No obstante, iba a intentarlo, e iba a seguir soñando.

Mientras el helicóptero aterrizaba, se dijo también que tal vez debiese adecuar sus sueños a la realidad. Aunque Tyr estuviese interesado por ella, querría a una mujer experimentada, y a Jazz le asustaba el sexo.

–Ya se puede desabrochar el cinturón, princesa Jasmina –le dijo el piloto a través de los auriculares.

Y ella pensó que se dejaría el cinturón de seguridad abrochado hasta el día de su boda.

Tyr estaba cubierto de arena de los pies a la cabeza después de haber estado andando durante horas. Las dunas habían cambiado desde la última tormenta, lo que significaba que el coche todoterreno no podía acercarlo más al poblado. Antes de dejarlo, se había asegurado de que alguien iría a recogerlo. Era un alivio saber que Jazz estaba lejos de aquella fea tormenta.

Recordó las vacaciones que había pasado en el desierto con Sharif, intentando deshacerse de su hermana pequeña que los seguía a todas partes.

Llegó a la última duna que había antes de llegar a Wadi y miró hacia el poblado casi con la esperanza de ver a Jazz allí, pero no estaba. Estaba en Milán, fingiendo interesarse por la moda. Y, aunque hubiese estado allí, jamás podrían volver a los inocentes días del pasado. El tiempo los había cambiado demasiado a ambos.

Jazz nunca se había sentido tan feliz de vestirse con ropa de montar.

No se molestó en mirarse al espejo. Había salido el sol y la luz gris del amanecer estaba empezando a aclararse. Si salía antes de que hiciese demasiado calor, sería un día perfecto para montar a caballo. Con el pelo bien recogido y la ropa ajustada cubierta por unas faldas largas, solo le faltaba ponerse el sombrero que colgaba junto a la puerta e ir a probar su nuevo semental. Le habían dicho que era un animal difícil de montar. Sabía que tendría que ser firme y cariñosa con él al mismo tiempo, Spear era maravilloso.

Y entonces, sin saber por qué, pensó en Tyr Skavanga.

Que también era un ejemplar de hombre maravilloso.

Tal vez lo viese si cabalgaba cerca de Wadi.

Se recordó que era una princesa y que tenía responsabilidades. Y se dijo que no iría en aquella dirección, salvo que el viento soplase del Este, en cuyo caso, para que no le diese la arena en la cara, tendría que ir en dirección a Wadi.

Salió de su habitación y bajó corriendo las escaleras. Unos minutos más tarde estaba en el establo. Se abrazó a Spear y volvió a pensar en Tyr. ¿Qué estaría haciendo en esos momentos? ¿Estaría pensando en ella?

«¡No seas ridícula!».

Cabía la posibilidad de que Tyr también fuese a salir a cabalgar, siempre le había gustado salir temprano. El amanecer era un momento precioso, tranquilo y fresco.

Sacó al caballo al exterior y lo montó para salir con él al desierto. Jazz siempre se había sentido como en casa en el desierto, respiró hondo y disfrutó del momento.

El viento le arrancó el velo mientras galopaba por las dunas. La sensación de ser una con el animal que estaba montando era la mejor del mundo. Spear había superado todas sus expectativas y quien pensase que no podía montarlo porque era un animal demasiado fuerte estaba equivocado. Jazz podía hacer todo lo que se propusiese, y Spear era perfecto. La única pena era que hiciese viento. Y que soplase del Este. Así que solo tenía una opción, ir hacia el poblado de Wadi.

Decidió tomar un atajo, era un camino más peligroso, pero también más corto. La última zona era lo más duro, pero desde lo alto se podía ver el oasis en el que tantas veces se había bañado con Tyr, y el poblado de Wadi, que desde allí parecía casi de juguete.

Fue un placer bañarse en el agua fría del oasis. Tyr había soñado con aquello desde que se había despertado. No había en el mundo otro lugar como aquel. Le encantaba el desierto porque todo eran contrastes en él. No había zonas grises, solo un constante reto.

Iba a sumergirse cuando oyó un grito.

Se giró y vio cómo al caballo se le doblaban las patas al empezar a bajar la duna. Por suerte, el jinete parecía experimentado, porque soltó las riendas y saltó para evitar que el animal lo aplastase. Tyr reconoció al jinete, tomó una toalla y echó a correr.

–¡Jazz!

Vio rodar por la duna al caballo y a la mujer, esta última caía más despacio, pero en unos pocos segundos estaba a sus pies. Tyr se inclinó a examinarla. Estaba jadeando y parecía asustada, no podía hablar, pero tenía buen color y estaba respirando.

–¿Tyr?

Él le soltó la mano que le había agarrado y se sentó.

–¿Y mi caballo? –preguntó ella.

–Está bien. ¿Cómo estás tú? ¿No se suponía que estabas en Italia, comprando ropa?

–¿Qué ocurre? –preguntó ella, mirándolo como en los viejos tiempos–. ¿Me he bajado en la parada equivocada?

Él contuvo una sonrisa y la miró muy serio.

–Podías haber tenido un accidente muy grave, y todavía no sabemos si te has hecho daño.

–Solo en el orgullo –admitió ella, intentando ponerse en pie.

Él la obligó a quedarse sentada.

–No vas a ir a ninguna parte hasta que compruebe que estás bien. Y me voy a disculpar de antemano por tener que tocarte.

–No, no vas a tocarme –protestó ella, intentando alejarse.

–Es por motivos puramente médicos –le aseguró él, tumbándola de nuevo–. Te aseguro que no tengo ningún deseo de hacer esto.

Era mentira, sus dedos ardían de ganas de tocarla.

Capítulo 7

JAZZ se preparó para que Tyr la tocase. Cerró los ojos y apartó el rostro.

Tyr, que no estaba acostumbrado a aquello, no supo si sentirse ofendido o divertido porque una mujer no quisiera que la tocase. La examinó con todo el cuidado posible, pero le gustó tocarla y sintió que era casi imposible ser objetivo con ella.

–¿De verdad es necesario? –preguntó Jazz al notar que los dedos de Tyr se acercaban a su pecho.

–Estoy comprobando que no te has roto ninguna costilla –respondió él con voz tensa.

–¿No hay un centro médico en el poblado? Podrían examinarme allí.

Un centro médico que él mismo había instalado. ¿Cómo no se había acordado?

–Solo me estoy asegurando de que puedes moverte.

–Puedo moverme –respondió ella–. Solo necesito recuperar la respiración y me pondré en pie.

–Y yo te ayudaré –le dijo él.

Jazz pensó que aquello no era lo que había planeado. Había pensado dar un inocente paseo a caballo y, tal vez, encontrarse con Tyr.

–Si esa serpiente no se hubiese cruzado en nuestro camino...

–¿Seguirías ahí arriba, espiándome mientras me baño desnudo?

–¡Por supuesto que no!

Intentó levantarse, pero Tyr volvió a empujarla hacia abajo.

–Ni siquiera sabía que estabas aquí –se defendió Jazz, intentando no fijarse en sus bíceps, en su magnífico torso, ni en ninguna otra parte de su cuerpo que estuviese al descubierto.

–Iba a traer a mi caballo para que bebiese, nada más.

–Pues no has escogido el mejor camino –comentó él.

–Ya he dicho que se nos ha cruzado una serpiente.

–¿Y cuál ha sido el resultado? Que estás tirada a mis pies.

–Ya verás cuando me recupere, todavía estoy en shock.

–Por supuesto.

–Y no me mires así.

–¿Cómo? –le preguntó él, incorporándose.

–Como si fuese un entretenimiento. Y tampoco te pongas de pie ante mí.

–Tienes razón. Voy a llevarte al pueblo.

–¿Qué? No puedes hacer eso –le dijo Jazz, intentando ponerse en pie, pero volviendo a caerse.

Por suerte, Tyr la sujetó antes de que golpease el suelo. La apoyó en el sólido tronco de una palmera y retrocedió:

–Espera aquí mientras me visto.

Ella se estremeció, cerró los ojos.

Y Tyr volvió enfundado en unos pantalones vaqueros, botas y una camiseta negra.

–Te voy a decir lo que va a pasar, princesa. Es posible que tengas una contusión, así que no vas a ir al poblado andando.

Jazz empezó a protestar y él levantó una mano.

–Cuando los médicos hayan comprobado que estás bien, podrás hacer lo que quieras, pero, hasta entonces, estás bajo mis órdenes.

Ella se quedó boquiabierta.

–Te prohíbo que me toques –le dijo, a pesar de que su cuerpo quería todo lo contrario.

–¿Me lo prohíbes? –repitió Tyr riendo antes de tomarla en brazos.

Jazz no tardó en darse cuenta de que, cuanto más intentase zafarse, más se rozaría su cuerpo contra el de Tyr, así que intentó quedarse inmóvil. Aun así, pensó en lo que significaría llegar a un poblado tan conservador como Wadi en brazos de un hombre.

–Tyr, por favor. No puedo llegar a Wadi así.

–Claro que sí.

–Tú no lo entiendes. En Wadi viven algunas de las personas más conservadoras de Kareshi.

–Lo entiendo muy bien, Jazz. Olvidas que llevo mucho tiempo trabajando aquí.

–En ese caso, déjame en el suelo, por favor.

–No puedo poner en riesgo tu seguridad –le respondió él sin dejar de andar y solo se detuvo a tomar las riendas del caballo de Jazz antes de ir en dirección al poblado.

Esta hizo un último intento.

–Por favor, Tyr. Déjame. Puedo montar.

–No estás en estado de montar. Mírate. Estás temblando.

Tyr se detuvo para mirarla fijamente, había determinación en su rostro.

–¿Qué quieres que haga? ¿Que te deje aquí para que te mueras del calor? ¿Qué pensaría la gente del poblado si te dejo morir en el desierto? –le preguntó Tyr–. No hace falta que me contestes, ya lo hago yo. Pensarían que el mismo hombre que ha estado trabajando con ellos, en el que confían, es un bárbaro que no valora la vida y que no respeta a su familia real. Como no es posible que una ambulancia recorra las dunas, te tengo que llevar yo a un lugar en el que puedan examinarte. Cualquiera, en cualquier lugar del mundo, lo entendería.

–Mi pueblo, no.

–¿Piensas que tu pueblo preferiría que murieses? –le dijo él, sacudiendo la cabeza–. No los conoces, Jazz. Te quieren. Hablan constantemente de ti y de Sharif. Juntos habéis devuelto la estabilidad a Kareshi. No vuelvas a correr un riesgo semejante. ¿Y si te hubieses roto una pierna y te hubieses quedado ahí tirada? ¿Y si tu caballo se hubiese marchado? ¿Llevas algún dispositivo con el que se pueda localizarte?

Con las prisas por ver a Tyr, se le había olvidado aquello, pero no quiso admitirlo.

–Se me ha debido de caer.

–Sí, claro.

Tyr siguió andando.

Estaban llegando a las afueras del pueblo y la gente empezaba a salir de sus casas para mirar. Tyr los saludó en su idioma y siguió avanzando. No sabía, o no le importaba, que tocarla fuese casi un crimen. Ella sonrió para tranquilizar a las mujeres cubiertas por velos; sabía que para ellas aquello era inadmisible, y que no había excusa que pudiese explicar su extravagante comportamiento.

Tyr solo se detuvo un instante para darle las riendas del caballo a un chico que los había estado siguiendo, y luego entró en la clínica, donde la entregó como un paquete del que estuviese deseando deshacerse. No hubo nada que reprochar acerca de su comportamiento con ella. Solo había preocupación en su mirada, aunque Jazz dudaba que los tradicionalistas lo viesen así.

–Voy a ver cómo está el caballo –le dijo él antes de marcharse.

–Gracias –respondió Jazz, incómoda al darse cuenta de que se había reunido toda una multitud alrededor de la clínica–. Tengo que salir a darles una explicación.

La enfermera no se lo permitió.

–Lo haremos por usted –le dijo con firmeza–, perdóneme, princesa Jasmina, pero no podrá moverse de aquí hasta que el doctor la haya examinado. Será mejor que se tumbe. No tiene de qué preocuparse. Ya han informado a Su Majestad.

«Estupendo», pensó ella. Ya podía imaginarse la reacción de Sharif cuando se enterase de que estaba con Tyr.

Como era normal, la enfermera le dijo que tenía la tensión por las nubes.

–Aunque el médico diga que está bien, yo voy a

insistir en que se quede aquí a descansar –le advirtió–. Según este aparato, ha sufrido una conmoción.

Y esta no se debía solo a la caída, pensó Jazz.

Tyr necesitaba alejarse de Jazz y pensar. Todavía no se creía que se la hubiese encontrado allí, en Kareshi. Y no podía arriesgarse a perder la confianza de la gente. Tampoco quería estropear su amistad con Sharif. Así que reunió a un grupo de ancianos y decidió darles una explicación.

La reacción de estos lo sorprendió.

–No, no, no –les respondió sonriendo–. No vamos a casarnos.

–Debéis hacerlo –le dijo el jefe.

Tyr seguía sonriendo, convencido de que no podía hablar en serio, pero el otro hombre estaba muy serio.

–Está bien –le dijo este–. Vamos a aclararlo...

–No –respondió Tyr en un susurro–. Luego.

El jefe levantó la mano, pero solo para hacerle saber que lo había oído.

Y Tyr tuvo un mal presentimiento. Aquel encuentro con el jefe del poblado le hacía pensar que la situación tenía mala solución. Y no quería discutir.

Llamó a Sharif, pero no pudo hablar con él. Así que fue a los establos a buscar su caballo y salió del poblado. Estaba metido en un lío que jamás debía haber ocurrido. ¿Qué iba a hacer Jazz Kareshi, una princesa inocente, con una despiadada máquina de matar? Si el pueblo de Kareshi hubiese conocido su historia, nadie habría querido emparejarlos. No podía hacerle aquello a Jazz, así que lo único que podía hacer era marcharse de Kareshi.

Pero ¿cómo iba a hacer aquello? Todavía no había terminado su trabajo allí.

Galopó hasta ver un campamento beduino a la sombra de unas dunas, entonces, hizo que el caballo redujese la velocidad. Durante unos segundos, se limitó a ver cómo actuaban sus habitantes, una gente resuelta, feliz. Él siempre había envidiado el estilo de vida nómada, y hacía poco tiempo que había dejado de sentir la necesidad de ir de un lado a otro. Amaba el desierto y no abandonaría a Jazz, sobre todo, siendo responsable de la situación en la que estaba. Se quedaría y solucionaría el problema, y cuando todo estuviese arreglado...

¿Le daría la espalda a Jazz y se marcharía?

Era lo más sensato. Lo mejor para Jazz.

Hizo girar a su caballo y fue de vuelta al poblado. Lo único que sabía era que no iba a marcharse a ninguna parte hasta que el embrollo estuviese aclarado.

Capítulo 8

EN CUANDO el médico le dijo que podía marcharse y la enfermera también se lo permitió, Jazz llamó a palacio para que el helicóptero fuese a recogerlos, a ella y al caballo. Podría haberlo llevado ella de vuelta a los establos si la enfermera no le hubiese advertido que iba a haber tormenta. Y Jazz no quería arriesgarse, así que se quedó allí con la esperanza de que al helicóptero le diese tiempo a llegar y, después, volver a palacio.

En esos momentos, se sentía agradecida con las mujeres del poblado, que la estaban tratando muy bien. Se habían ofrecido a llevarlas a las instalaciones donde estaban las mujeres solteras, donde le habían asegurado que estaría a salvo hasta que llegase el helicóptero. Como había crecido en palacio con su hermano, a Jazz la vida del poblado le resultó una experiencia fascinante. Todo el mundo era tan agradable que volvió a darse cuenta de lo mucho que había echado de menos tener compañía femenina, y cuánto podía cambiar su vida, a mejor, si aceptaba tenerla. Tenía el cariño y la amistad de las hermanas Skavanga desde que Britt se había casado con Sharif, y podía tener la amistad de aquellas mujeres también si se quedaba en Kareshi.

Una vez dentro del pabellón de las mujeres, le sorprendió ver que, además de haber cosas muy tradicionales, como mullidos cojines y mesas bajas de metal también había una zona con ordenadores y sillas de oficina.

–Nuestro benefactor es Tyr Skavanga –le explicó una de las mujeres, con los ojos brillantes de admiración detrás del velo tradicional–. Compró todos los equipos y nos los instaló. Es como un milagro. Hasta podemos comprar por Internet.

Las demás mujeres se echaron a reír y Jazz las imitó, pero no pudo evitar preguntarse si era la única que se había quedado atrás en el progreso.

–También podemos hacer cursos a distancia –continuó la misma mujer, haciendo volver a Jazz al presente.

Se unieron a un grupo de mujeres que estaban alrededor de un ordenador.

–Todas queremos trabajar como usted, princesa Jasmina –exclamó una joven, levantándose de la silla de un salto.

–Por favor, vuelve a sentarte –le pidió Jazz–. Estoy aquí para aprender todo lo que pueda de vosotras.

Más tranquila, la chica añadió:

–Gracias a esta conexión con el mundo exterior, gracias a Tyr Skavanga, podemos aprender y convertirnos en profesoras en un futuro.

Jazz las vio tan entusiasmadas con el progreso que se dio cuenta de que marcharse de Kareshi era una locura. ¿De qué tenía miedo? Recordó a Tyr la noche de la fiesta, a Tyr rescatándola después de haberse caído del caballo. Tyr...

Tyr representaba una época perdida, y también todo lo que a ella le asustaba del futuro. No era culpa suya ser tan masculino, pero Jazz, que en otros aspectos de su vida era valiente y decidida, tenía miedo de los hombres y del sexo, de Tyr y del sexo.

Mientras las mujeres siguieron hablándole, Jazz se dio cuenta de lo que tenía que hacer, y no tenía nada que ver con el emir de Qadar. Sharif se enfadaría por haberle hecho perder el tiempo, y tendría razón. También habría repercusiones diplomáticas, pero su lugar estaba allí. Allí era donde podía ayudar a su hermano de verdad.

Y entonces otra chica, que parecía más atrevida, le preguntó cómo había podido enamorarse de un extranjero.

El resto de las mujeres guardaron silencio mientras esperaban su respuesta.

–¿Un extranjero? –preguntó ella con cautela.

–Tyr Skavanga –dijeron las mujeres riendo, como si fuese obvio para todas, menos para ella.

Jazz se echó a reír también.

–No quiero a Tyr de esa manera –protestó, tal vez con demasiada fuerza–. Somos amigos desde la niñez. Y, sí, lo admiro, pero nada más.

Las mujeres no parecían convencidas y no era de extrañar, porque tenía las mejillas coloradas. Todas preferían pensar que estaba viviendo una aventura como las de las películas que habían podido ver por Internet gracias a su benefactor, Tyr Skavanga.

Y entonces una de las mujeres de más edad se la llevó aparte.

–Piénselo –dijo–. Ya le ha demostrado a su hermano cuánto vale, Su Majestad, imagínese cuánto podría ayudarnos en Kareshi junto a Tyr Skavanga.

–¿Qué? No...

Las cosas no podían ir peor. Tyr seguía a kilómetros del poblado y la tormenta de arena cada vez estaba más cerca. No había vuelos. Nadie podía llegar a Wadi para rescatar a la princesa Jasmina. Las comunicaciones no funcionaban y era imposible predecir cuánto tiempo iba a durar la tormenta. El caballo de Tyr se había puesto nervioso al sentir la tormenta y ese era el motivo por el que iba a pie. Había puesto un pañuelo alrededor de los ojos del animal y lo estaba ayudando a avanzar poco a poco. Solo esperaba que Jazz estuviese refugiada en el pueblo, pero estaba impaciente por comprobarlo con sus propios ojos.

Cuando por fin llegó, el cielo estaba de un amarillo verdoso. Dio de beber y de comer al caballo y fue en busca de Jazz. Se dijo que ese era su deber. La encontró en el salón de actos del poblado, donde estaba tomando nota de las preocupaciones de sus habitantes. Iba completamente cubierta con un velo por respeto, pero aun así Tyr sintió deseo nada más verla.

Al verla allí se convenció todavía más de que aquel era su lugar. Tenía que quedarse en Kareshi.

Pensó en todo lo que podrían conseguir juntos, pero intentó apartar aquello de su mente. ¿Y si empezaban a verse con frecuencia y la infectaba con su oscuridad?

En aquella ocasión fue Jazz la que se acercó a él.

–Has vuelto.

Se miraron fijamente a los ojos durante unos intensos segundos.

–Si me necesitas, Jazz, solo tienes que llamarme.

–Da la casualidad...

Tyr siguió su mirada hasta donde estaban los ordenadores que él mismo había instalado.

–Mientras yo tomo nota de las preocupaciones de la gente, tú podrías enseñar a aquellos que todavía no saben utilizar los ordenadores.

–¿Quieres que les dé clase?

–¿Por qué no? Si estás dispuesto...

–Supongo que puedo hacerlo. Aunque estoy casi seguro de que no funciona Internet.

–No pongas excusas. Aun así, puedes enseñarles muchas cosas.

–Como quieras, princesa.

Ella se preguntó por qué le había hablado en voz baja y la había mirado así a los ojos. Giró la cabeza para comprobar que nadie los estaba observando.

–No tiene sentido quedarnos sin hacer nada mientras pasa la tormenta –comentó–. Los niños están aburridos, y esta es una buena oportunidad para todos los que quieren beneficiarse de tu experiencia.

–¿Tú también quieres beneficiarte de mi experiencia, princesa? –le preguntó él en tono burlón–. ¿O ya eres una experta informática?

A ella se le aceleró el corazón. Suspiró.

–Limítate a fingir que sabes lo que estás haciendo –le sugirió.

–Sé muy bien lo que estoy haciendo –le contestó él con cierta ironía.

–Tyr se ha ofrecido a enseñar a todos los que estén interesados en saber más de informática.

La estampida le hizo sonreír. Jazz ayudó a la gente a colocarse frente a los ordenadores y él pensó que todo el mundo la quería y confiaba en ella. Aquel era su lugar y él se alegraba de que estuviese empezando a darse cuenta sola.

¿Y la promesa de mantenerse alejado de ella?

Miró hacia fuera, donde la arena giraba con el viento. ¿Cómo iba a predecir lo que podían compartir encerrados en un lugar tan pequeño?

–Les gustas –le dijo Jazz cuando hicieron un descanso para tomar unos refrescos.

–Pareces sorprendida. Llevo ya tiempo trabajando con ellos.

–Es que estoy sorprendida. Esto se te da muy bien, Tyr. Y yo que pensaba que eras todo un ermitaño.

–Lo soy, pero la tormenta me tiene atrapado –respondió.

Jazz estaba tan entusiasmada que ni siquiera lo escuchó.

–Lo que necesitamos es una escuela nueva y más profesores. Se lo diré a Sharif en mi próximo correo y espero obtener una respuesta cuanto antes. Todo el mundo está deseando aprender.

Él sonrió mientras Jazz le relataba su plan. Sus propios pensamientos no eran tan inocentes. Solo había una mujer a la que quería enseñar, y las clases no serían precisamente de informática.

Miró hacia afuera, donde el cielo se estaba oscureciendo con rapidez.

–Vamos a terminar enseguida –dijo–. Quiero que

todo el mundo esté a salvo antes de que la tormenta empeore. Va a ser muy fuerte, así que acompañaré a los ancianos y después volveré a buscarte.

–Puedo cuidarme sola, Tyr.

–¿Seguro? ¿Como cuando has salido a montar a caballo?

Ella se puso tensa y, para tranquilizarla, Tyr pasó el dorso de la mano por su brazo. Jazz retrocedió horrorizada.

–¿Es que no has escuchado nada de lo que te he dicho? No puedes tocarme.

Había palidecido y sus ojos estaban más negros que nunca. Tyr ya había visto aquella reacción en otras mujeres antes, pero nunca en una situación así. Era evidente que allí había pasión. Nadie los estaba mirando, pero cualquiera habría dicho que le había acariciado un pecho, o algo peor. ¿Cómo de inocente era Jazz? A juzgar por su mirada, completamente inocente en todo lo relativo al sexo.

–Acompañaré a los niños a casa –dijo ella, alejándose.

Pero antes de que le diese tiempo a reunirlos a todos, el jefe del poblado convocó una reunión urgente.

Tyr se encogió de hombros y dedicó una sonrisa lastimera a Jazz, que se vio obligada a continuar en su compañía.

–Supongo que no hay ninguna esperanza de que vaya a venir el helicóptero a rescatarme de ti –le dijo esta entre dientes.

Él mantuvo los ojos clavados en los suyos.

–No. Las previsiones son malas. Nadie va a poder entrar ni salir de aquí hoy.

–¿Has podido hablar con Sharif? –le preguntó Jazz.

–No. ¿Y tú?

Ella negó con la cabeza.

–No funciona nada. ¿Sabe alguien cuánto va a durar la tormenta?

–Si consiguiese hacer que funcionase Internet, tal vez podría decírtelo, pero yo pienso que va a durar bastante. Hace unas horas le he enviado un correo a Sharif para contarle que habías tenido un accidente, pero que estás bien. Le he asegurado que las mujeres del poblado te están cuidando mucho. Lo que no sé es si habrá podido recibirlo.

–Así que estamos atrapados.

–Eso parece. Aunque para mí no ha cambiado nada, Jazz. Trabajo aquí.

Para Jazz había cambiado todo, Tyr lo vio en su mirada.

Pero entonces se acordó de quién era y de cuál era su deber, y apartó la vista en el momento en el que el jefe empezaba a hablar.

–Puedo cuidarme sola –murmuró ella–. Las tormentas del desierto no son nada nuevo para mí.

Tyr tuvo la sensación de que no le estaba hablando de la situación meteorológica.

A lo largo de la tarde fue bajando el calor. Tyr escuchó los discursos de los ancianos desde el fondo del salón, pero en un momento dado un grupo de hombres lo hizo avanzar hasta llegar al lado de Jazz, a los pies de un improvisado escenario.

–No durará mucho –le aseguró Jazz, sabiendo que no le gustaba ser el centro de la atención–. Creo que solo quieren darte las gracias por haberlos ayudado, después te dejarán marchar.

–Eso espero –respondió él con poco entusiasmo.

–Ya lo verás –le aseguró Jazz mientras continuaban los discursos.

Tyr se distrajo enseguida con su olor y con el seductor susurro de su vestido. Jazz había decidido vestirse de la manera más tradicional aquel día, iba completamente de negro y solo se le veían los ojos. Los ojos y los pequeños pies. Tyr se reprendió; era ridículo que le afectase ver unas uñas de los pies pintadas de rosa.

–Perdóname.

Con cuidado de no tocarlo, Jazz subió al escenario, con los ancianos que la habían invitado a hacerlo, y empezó a hablar. Tyr no entendía bien el idioma de Kareshi, pero supo que lo estaban alabando por su trabajo e hizo un ademán para quitarle importancia. Todo el mundo lo miró y aplaudió. Entonces el jefe del poblado le hizo un gesto para que subiese al escenario también.

–El jefe ha explicado que vamos a trabajar juntos, en equipo –tradujo Jazz, inclinándose hacia delante porque el jefe se había colocado ante ambos.

Tyr sintió calor en el rostro mientras el jefe seguía hablando, pero la buena educación lo obligó a permanecer en silencio hasta que hubiese terminado. La multitud estaba jubilosa. Algunos hombres le dieron palmadas en la espalda. Él miró a Jazz, que dijo algo en su idioma, y los aplausos y vítores aumentaron.

–¿Qué les has dicho? –preguntó Tyr.

Pero el jefe habló a Jazz y la distrajo.

–¿Qué les has dicho? –volvió a preguntarle él.

Jazz era como una llama que ardía con demasiada fuerza, corriendo el riesgo de consumirlo todo, incluido él. Le estaba ocultando algo.

El jefe se adelantó para volver a hablar y Tyr aprovechó la oportunidad para decirle a Jazz:

–Si hay algo que deba saber, será mejor que me lo cuentes ahora, Jazz.

Ella se llevó un dedo a los labios y negó con la cabeza mientras el jefe se aclaraba la garganta y empezaba a hablar. Tenía en la mano una hoja de papel. Tyr supuso que era la copia de un correo electrónico que le había llegado cuando Internet todavía funcionaba.

–¿Se puede saber qué está pasando, Jazz?

–Seguro que no hay de qué preocuparse. El jefe dice que son buenas noticias.

¿Para quién?, se preguntó Tyr.

–¿Y qué está diciendo ahora? –preguntó de nuevo.

–Que tenemos dinero para la escuela –respondió ella, pálida de repente, como si se fuese a desmayar.

–¿Y no estás contenta?

–Por supuesto que sí. El jefe acaba de decir que tú y yo nos vamos a quedar a supervisar la puesta en marcha de la escuela.

–¿Los dos? –inquirió Tyr con el ceño fruncido.

–Tyr... no sé qué decir... Esto está fuera de control... Está yendo demasiado deprisa.

–¿El qué?

–El jefe acaba de confirmar que Sharif ha accedido a su petición de que me case aquí.

Un cúmulo de emociones lo golpeó mientras la multitud daba gritos de alegría.

–Espero que no vayas a casarte con el emir –consiguió decir.

–No voy a casarme con el emir –le confirmó Jazz, pero las lágrimas de sus ojos lo preocuparon.

–Entonces, ¿con quién? –preguntó él con el estómago encogido porque ya sabía la respuesta.

–No sé de dónde se ha sacado la idea el jefe de que voy a casarme contigo –le confirmó Jazz en un susurro.

Capítulo 9

TENEMOS que hablar, Jazz.

–Sin duda –respondió ella en modo profesional–, pero este no es el momento ni el lugar. Estas personas se merecen que hagamos todo lo que podamos por ellas, pero no necesitan que les carguemos con nuestros problemas.

Los habitantes del poblado estaban empezando a dispersarse.

–Tenemos trabajo. Tú reúne a los niños mientras yo me aseguro de que todo el mundo llega a casa sano y salvo.

–Y entonces hablaremos –le aseguró Jazz en tono tenso.

–Por supuesto. Yo vendré a buscarte.

–Dime que no estás pensando en comprobar que me alojo en un lugar adecuado.

–El discurso del jefe no ha cambiado nada, Jazz. Todavía tengo que garantizar tu seguridad, así que, por muy pesada que te pongas, eso es exactamente lo que voy a hacer.

–Llevo toda la vida viviendo en el desierto, Tyr.

–En un palacio, Jazz.

–¿Se te ha olvidado que de niños íbamos de camping?

¿Cómo se le iba a olvidar? Jazz le había puesto gusanos en la cama y piedras en las botas.

–Retrocede, Tyr. Deja que haga las cosas a mi manera, por favor.

–Me encantaría –le aseguró él–, pero algo me dice que este problema lo vamos a tener que resolver juntos. Aunque lo que más me preocupa ahora es tu seguridad. Sé que Sharif jamás me perdonaría si te ocurriese algo. Y yo tampoco me lo perdonaría.

Jazz se puso muy recta.

–Mi pueblo se asegurará de que esté a salvo. Y ahora, si me perdonas...

Él estuvo a punto de inclinarse de broma, pero en esos momentos no tenía ganas de bromas. Así que se acercó a la puerta y se quedó mirando cómo Jazz llevaba a los niños a casa a través de los remolinos de arena, hasta que los vio desaparecer.

Cuando hubo terminado de acompañar al último de los ancianos a casa, la tormenta estaba sacudiendo violentamente el poblado y su única preocupación era Jazz. Luchando contra el viento y la arena, por fin pudo llegar al pabellón de invitados, que estaba apoyado contra el acantilado. Se sintió aliviado al ver las fuertes cuerdas que sujetaban el pabellón a la cara del acantilado.

–¿Jazz? –llamó Tyr al tiempo que tocaba la campana que había fuera.

Quería comprobar los puntales que sujetaban el pabellón antes de que el viento fuese todavía más fuerte.

–Voy a entrar.

–No te lo voy a impedir –respondió ella desde el interior.

–Tenías que haberte quedado en el salón de actos y haber venido conmigo. Tengo que comprobar que es un lugar seguro.

–¿Cuántas veces, Tyr? –le preguntó ella–. No hace falta que vengas a ver cómo estoy. ¿Para qué arriesgar tu vida sin motivo?

–Yo pienso que sí que existe un motivo para que yo esté aquí.

Empezó a hacer lo que había ido a hacer, comprobó los postes y las vigas del tejado.

Ella lo siguió.

–¿De verdad piensas que los wadi no saben cómo construir una estructura que soporte una tormenta?

–Al igual que tu hermano, Jazz, si he sobrevivido hasta ahora ha sido porque nunca doy nada por hecho.

–¿Ya estás satisfecho? –le preguntó ella mientras lo veía mirar por última vez a su alrededor.

–No –respondió–. ¿Cuánto tiempo piensa que podrías pasar aquí? ¿Tienes agua suficiente? ¿Comida?

–Mira a tu alrededor, Tyr.

Muy a su pesar, apartó la vista de Jazz y la clavó en las bandejas que había sobre las mesas de metal. Estaban llenas de dulces y fruta.

–Jazz.

–No soy una niña –le advirtió ella–. ¿Estás ya satisfecho? Por cierto, si tengo sed, hay una corriente subterránea que pasa por la parte trasera de la tienda.

Él la fulminó con la mirada.

–¿Y ahora qué vas a hacer? –inquirió ella–. ¿Volver a rastras a tu alojamiento y correr el riesgo de morir?

El tono de Jazz era beligerante, pero Tyr se dio cuenta de que estaba preocupada. Pensó que aquello tenía que incomodarla. Según el jefe del poblado, estaban destinados a casarse a pesar de que no había nada entre ellos. Era evidente que Jazz no sabía cómo gestionar la situación y, en aquella ocasión, él no le podía dar consejos.

–Espero no hacerlo. Y estoy satisfecho con tu seguridad –añadió, intentando romper la tensión.

–La tienda está bien aislada, gracias al exterior de piel de camello –le confirmó Jazz con la garganta seca.

–Tienes razón, nadie puede estar seguro ahí afuera –admitió Tyr–. Ni siquiera yo.

–No tenías que haber venido –añadió ella.

–¿Se supone que tengo que hacer como si no hubiese ocurrido nada? –preguntó él.

–¿Te das cuenta de lo que va a pensar la gente al saber que has venido aquí, Tyr?

–Lo primero es tu seguridad. Y se supone que no ibas a estar aquí cuando yo llegase.

–Si me hubieses dejado en aquella duna, como te dije, nada de esto habría ocurrido.

–Si te hubiese dejado en aquella duna, estarías muerta. Y si una de mis hermanas tuviese un accidente en el desierto y Sharif estuviese cerca, esperaría de él que hiciese exactamente lo que hice yo.

–Pero esto es diferente, Tyr.

–¿Por qué? ¿Porque eres princesa de Kareshi? También eres un ser humano, ¿no?

–Estoy a solas con un hombre.

–Que está aquí para velar por tu seguridad y para nada más, Jasmina.

–¿Ya no me llamas Jazz? –le preguntó ella.

–Eres una princesa –le recordó Tyr en tono frío.

Pero había más. Jazz era la mujer a la que quería llevarse a la cama, mientras que la princesa Jasmina era la inocente hermana de su mejor amigo y, por lo tanto, era intocable. La princesa Jasmina no tenía de qué preocuparse con Tyr Skavanga. Hubo otro tenso silencio entre ambos. Y, como en los viejos tiempos, ninguno de los dos quiso retroceder el primero.

–Bueno, como no tengo elección, ya que estás aquí y que estamos en esta situación... ¿quieres tomar algo?

–Gracias.

–¿Un zumo?

–Sí.

Mientras Jazz se lo servía, Tyr miró a su alrededor y se dio cuenta de que el pueblo de Wadi le había ofrecido a Jazz lo mejor que tenía. Olía a incienso con aroma a rosas y la tienda estaba iluminada con antiguos faroles de metal que desprendían una luz dorada. Había suntuosas mantas y cojines de seda cosidos a mano en las camas.

–Es muy bonito, ¿verdad? –comentó ella–. Aunque se te ha olvidado asegurar la lona impermeable, estabas demasiado ocupado echándome el sermón.

Tyr fue a hacerlo y, al volver, se quitó la chaqueta y se dio cuenta de que Jazz lo estaba mirando fijamente. Entonces se dio cuenta de que, para Jazz, solo ver sus bíceps podía ser incómodo. En esos momentos tenía la mirada clavada en el tatuaje que le rodeaba el brazo, un recuerdo brutal de su herencia vikinga, y otra señal más de las muchas diferencias que había entre ambos.

Jazz se preguntó cómo había podido invitar a Tyr a entrar. Cuando este le había tocado el brazo, había sentido una fuerte descarga eléctrica, y estaba atrapada con él. Se dijo que el motivo era que no podía permitir que arriesgase su vida saliendo de la tienda, pero este llenaba todo el espacio con su aura de poder. Era demasiado viril y eso la asustaba.

Jazz pensó que era imposible que alguien estuviese cerca de Tyr y no sintiese nada. La fuerza de la tormenta la había puesto nerviosa, pero eso no era una excusa para dejar volar la imaginación. Estaban allí atrapados, no había sido una decisión que hubiesen tomado por voluntad propia.

Pero ella no estaba acostumbrada a estar a solas con otro hombre que no fuese su hermano, así que no sabía adónde mirar, cómo actuar, dónde sentarse.

Decidió mirar a cualquier parte que no fuese el musculoso cuerpo de Tyr, y aceptarlo por quién era y por la amistad que habían tenido de niños. Se dijo que no debía mirarlo a los ojos ni preguntarse por su pasado, ni tampoco pensar en cómo se había sentido cuando la había tocado. Era mejor concentrarse en la tormenta y en que la tienda estuviese bien asegurada.

Empezó a recoger cualquier objeto que pudiese romperse con la fuerza del viento.

–¿Te importa si me tomo también una fruta, Jazz?

–Por supuesto que no, sírvete.

Jazz pensó que conocía a Tyr desde hacía muchos años, y que nunca le había hecho daño a nadie.

Al menos, hasta que se había convertido en soldado.

Y lo que había hecho entonces, había sido para cumplir las órdenes. Lo vio llevarse la mano a la daga y recordó el momento exacto en el que Sharif se la había dado. Era el mismo *khanjar* curvado que colgaba del cinturón de su hermano. Sharif le había dicho que, con aquel regalo, estaban unidos como hermanos, y que no había nadie en el mundo en quien confiase más. Como hipnotizada, Jazz lo observó cortar la fruta en pequeños trozos y ponerlos en un plato para tentarla.

–Podríamos estar aquí horas, Jazz. Deberías comer algo.

Ella se preguntó cómo iba a mantener la calma y la sensatez si tenía que estar varias horas encerradas con él. Se iba a volver loca.

Pensó que aceptar la fruta sería una buena manera de romper el hielo y empezar a estar más tranquila.

–¿Está buena? –le preguntó Tyr al ver que se metía el primer trozo en la boca.

–Gracias.

Era tan remilgada, estaba tan tensa, le tenía tanto miedo. Aquella era una Jazz completamente nueva, a pesar de que sus ojos negros y su rostro perfecto nunca le habían parecido tan bonitos.

–¿Por qué me miras así? –preguntó Jazz.

–¿Te estoy mirando?

–Sabes que sí.

Se ruborizó y apartó el rostro, y alargó la mano hacia la fruta al mismo tiempo que él. Sus brazos se rozaron y Jazz respiró hondo. La fuerte sensación también sorprendió a Tyr, que pensó que aquello era una locura. No había pensado que tendría que hacer semejante ejercicio de autocontrol.

Jazz no volvió a hablarle hasta que no estuvo en la otra punta de la tienda.

–Me alegro de que hayas vuelto, Tyr.

–¿Te alegras de que haya dejado de viajar? ¿O de que esté aquí?

–De ambas cosas –admitió ella con franqueza.

–¿Y qué sugieres que hagamos ahora?

–¿Qué quieres decir? –le preguntó Jazz con los ojos muy abiertos.

Él se echó a reír.

–¿Quién le va a contar al emir que hemos pasado la noche juntos, tú o yo?

–¿Te importa si hablamos de otra cosa?

Él se encogió de hombros y rellenó la copa con zumo.

–Como quieras.

Luego empezó a andar de un lado a otro. No le gustaba estar inactivo, pero allí encerrado, no había manera de alejarse de Jazz. El deseo que sentía por ella lo estaba carcomiendo por dentro.

–¿Por qué no hablamos de tus planes de futuro? –le sugirió.

–¿Mis planes? –repitió ella–. Voy a continuar trabajando en el picadero de mi hermano, y voy a colaborar más con nuestro pueblo. Mi hermano siempre ha querido que trabaje para Kareshi. No me mires así, Tyr. Sharif siempre ha sabido cuál era mi futuro, soy yo la que ha tardado un poco más en darse cuenta.

–Pero ahora ya lo tienes todo claro.

–Los hombres hacéis planes, y las mujeres los implementamos.

–¿Y yo formaba parte de tu plan?

–No –exclamó sorprendida–. Y si piensas que la idea de la boda es mía, estás muy equivocado.

–Está bien –la tranquilizó Tyr–. Entonces, sabemos que el pueblo de Kareshi te quiere y te respeta, y tienes razón al decir que este es el lugar al que perteneces, pero yo no estoy seguro de estar preparado para una relación seria, Jazz.

Ella guardó silencio unos minutos.

–¿Crees en el destino, Tyr?

Él se encogió de hombros.

–¿Adónde demonios nos está llevando esto, Jazz?

–Escúchame un instante. Es muy sencillo. ¿Piensas que las cosas ocurren por un motivo? Seguro que sí –se respondió a sí misma–. La caída me trajo hasta el poblado Wadi. Y la tormenta me ha mantenido atrapada aquí. Y ahora...

–¿Ahora?

–Ahora, aparte de haberme dado cuenta de dónde está mi futuro, los acontecimientos de los últimos días me han dado la oportunidad de hablar contigo.

–¿De qué?

–Tenemos mucho de qué hablar. Has estado fuera mucho tiempo.

Tyr recordó que Jazz Kareshi era tan complicada como la política de su país. Había crecido rodeada de intrigas y peligro y sabía cómo sobrevivir a casi todo, incluso a un sorprendente anuncio de boda.

–Está bien, empezaré yo –dijo Jazz–. Voy a quedarme a vivir en el poblado, al menos un tiempo.

–¿Vas a vivir aquí?

–¿Por qué no? Puedo ir y venir a trabajar.

–¿Y tu casa en el palacio?

–¿Qué sentido tiene vivir en un palacio, lejos de mi pueblo, pudiendo estar aquí, viendo los problemas con mis propios ojos?

En aquello tenía razón.

–No creo que a Sharif le parezca mal. Ambos sabemos que lo que más le importa es su pueblo.

Tyr se dio la media vuelta y fue hacia la puerta.

–¿Qué haces? –le preguntó Jazz.

–Me marcho a mi tienda. Y no te preocupes, llegaré sano y salvo.

–No estoy preocupada, pero ahora te toca a ti. Tenemos la oportunidad de ponernos al día.

–Ya llevo aquí suficiente tiempo, Jazz. Tu reputación está en entredicho.

–Mi reputación está por los suelos. No habríamos causado más sensación ni aunque me hubieses besado en público.

Él se detuvo, con la mano apoyada en la tela que cubría la entrada.

–¿Cómo no se me habrá ocurrido hacerlo?

–Tyr.

–La próxima vez te dejaré donde te haya encontrado –le prometió él.

–No, no lo harás. Siempre has sido un caballero, Tyr.

Se miraron a los ojos durante demasiado tiempo.

–Pocas personas dirían eso de mí.

–Es cierto, lo que dicen es que eres un héroe.

–Déjalo, Jazz...

–No, no voy a dejarlo –replicó ella en voz alta, tan enfadada como él, frustrada–. Algún día me dirás por qué no quieres hablar del pasado.

–Mi pasado no es asunto tuyo.

–Sí que lo es –protestó Jazz–, porque, al igual que me importa mi hermano, me importas tú, y me niego a verte sufrir en soledad.

–Tal vez quiera estar solo –contestó él–. Créeme si te digo que no te gustaría estar donde he estado ni ver lo que he visto, ni siquiera te gustaría imaginártelo.

Capítulo 10

EN AQUELLA ocasión fue Tyr el que se puso tenso cuando Jazz apoyó la mano en la suya.

–En eso te equivocas –le aseguró–. Me infravaloras, Tyr. Puedes contármelo todo. Todo.

–Yo pienso que es mejor que no lo haga.

–No estoy de acuerdo. Si te quedas para ti todas esas cosas feas, te causarán tal resentimiento que al final enfermarás. Antes o después hay que enfrentarse a todo, Tyr. Mírame. No tengo ni idea de por dónde empezar con esta tontería de la boda, pero lo solucionaré.

Suspiró antes de continuar.

–No puedo fingir comprender la magnitud de los recuerdos que estás evitando.

Él no respondió.

–Y no puedo imaginarme lo que has visto.

«Menos mal», pensó Tyr.

Jazz siguió mirándolo fijamente.

–No voy a quedarme parada, sin intentar hacer nada, sabiendo que estás metido en un lío.

–No estoy metido en ningún lío –respondió él.

–Yo pienso que sí.

–¿Te refieres a lo de la boda?

–Tal vez no quieras oír esto, Tyr, pero en Kareshi

el contacto físico entre un hombre y una mujer solo puede significar una cosa.

Él la miró fijamente, parecía preocupada.

–Pero entre nosotros no hay nada, todo el mundo está equivocado.

Jazz sacudió la cabeza.

–No vas a poder arreglarlo tan fácilmente. Las personas que quieren aprovechar cualquier situación para desestabilizar a Sharif aprovecharán esta oportunidad. ¿No te das cuenta?

–Entonces, ¿qué sugieres que hagamos?

Ella respiró hondo e hizo acopio de valor.

–Es demasiado tarde para salvar mi reputación y no podemos arriesgarnos a perder la confianza del pueblo.

–Es cierto.

–Así que es muy sencillo –añadió Jazz–. Nos casaremos, tal y como ha dicho el jefe del poblado.

A Tyr le entraron ganas de echarse a reír.

–Es una locura.

–No. Es una solución práctica –argumentó ella–. Y no me mires con esa cara. No viviremos como marido y mujer. No habrá pasión entre nosotros. Podemos seguir siendo amigos.

Mientras él intentaba asimilar el plan de Jazz, esta se acercó, se puso de puntillas y le dio un beso en la mejilla.

–¿Amigos? –susurró.

El roce de sus labios lo abrasó. La agarró de los brazos y la hizo retroceder.

–No –le advirtió.

Como era de esperar, Jazz no se rindió.

–Te prometo que no te ataré a mí, Tyr. Podrás marcharte de Kareshi cuando quieras, y en algún momento nos divorciaremos de manera discreta, cuando haya pasado todo este escándalo.

–Jazz, nunca se te había ocurrido un plan tan descabellado –comentó él con incredulidad.

–No es descabellado. Los dos queremos hacer lo correcto, así que es la solución perfecta. No me mires así. Tenemos que hacer algo y no se me ha ocurrido nada mejor. Nadie tiene que saber que vivimos separados.

–No me puedo creer que estés hablando en serio.

–Nunca había hablado tan en serio en toda mi vida. ¿Se te ocurre a ti una solución mejor?

–Apuesto a que sí, pero ahora tengo que marcharme. Y tú te marcharás también, en cuanto amaine la tormenta y el helicóptero pueda venir a buscarte. Continuarás con tu vida, y yo con la mía. Por separado.

–No pienso dejar a mi pueblo. Y me temo que, a sus ojos, el daño ya está hecho.

–A mí me parece que estás exagerando, no podemos engañar a tu hermano, a las mías y al pueblo. Es una locura, Jazz.

–Tyr. ¡Vuelve! Por favor, escúchame.

Él bajó la vista a la mano de Jazz, que estaba apoyada en su brazo, y la quitó de allí.

–¿Qué sugieres que hagamos? –le preguntó ella, bajando el tono.

–No tengo que sugerir nada. Los habitantes de Wadi me aceptan como soy. Siempre lo han hecho.

Por eso se había quedado allí tanto tiempo, porque nadie le había hecho preguntas.

–Pero eso va a cambiar –le aseguró Jazz muy tensa–. No podrás volver a trabajar aquí porque, si no te casas conmigo, te echarán.

–¿Por qué iban a hacer eso, Jazz?

–Porque pensarán que has deshonrado a su princesa.

Él sacudió la cabeza y se echó a reír.

–Suena dramático, pero no me lo voy a creer.

–¿Dramático? –repitió ella, poniéndose tensa–. Espero que no pienses que quiero engañarte para que te cases conmigo, porque nada más lejos de la realidad.

–Pienso que tu idea es una locura, nada más. Hablaré con los habitantes de Wadi y les explicaré que solo somos amigos desde hace años, y Sharif lo entenderá.

–Si estuviese en Skavanga, tal vez estaría de acuerdo contigo, pero estamos en Kareshi y no te puedes imaginar lo equivocado que estás.

Tyr apretó la mandíbula y se dio la media vuelta.

–Esta conversación se ha terminado, Jazz.

–No te atrevas –le advirtió ella con todas sus fuerzas–. No te atrevas a tratarme como a una marioneta. Estoy intentando reparar el daño causado. Puedo cuidarme sola y no necesito tu ayuda, pero estás tan metido en esto como yo, te guste o no, y no puedes marcharte sin más. Este es mi pueblo y corres el riesgo de ofenderlo. Y eso no lo voy a permitir.

–Jazz, me parece que necesitas sentarte y pensar las cosas con calma –le aconsejó Tyr a pesar de saber que ya era demasiado tarde para eso.

Tyr empezó a abrir la tela que hacía de puerta y el

viento que entró era tan fuerte que estuvo a punto de hacer caer a Jazz.

–¿Estás loco? –le gritó esta–. Te vas a morir ahí fuera.

–¿Y qué quieres que haga, Jazz? ¿Que pase la noche con la princesa prometida? ¿Piensas que eso te va a ayudar?

Las lágrimas de Jazz lo tomaron por sorpresa.

–Por favor, no me dejes sola, Tyr –susurró.

Y él deseó abrazarla. Volvió a colocar la tela en su sitio y la cerró bien, luego tomó la mano de Jazz como si ambos fuesen niños y la llevó de vuelta al centro de la tienda.

–Encontraremos una solución al problema de la boda –le prometió, preguntándose por primera vez en su vida si sería capaz de cumplir aquella promesa.

Nunca había defraudado a Jazz, pero aquella ocasión podía ser distinta.

–Te lo debo –añadió.

–¿Quieres más zumo? –le preguntó ella, esbozando una sonrisa.

Le temblaban las manos, pero agarró con fuerza la jarra para que Tyr no se diese cuenta. Él observó cómo recuperaba la calma, como había hecho tantas veces de niña.

–Te debo una disculpa, Tyr –dijo entonces con voz firme–. Todo esto es culpa mía y no sabes cuánto lo lamento. A veces me siento frustrada y sé que se me ocurren ideas descabelladas...

–¿Descabelladas? –repitió él, relajándose–. No puedes ir por ahí besando a cualquier hombre y proponiéndole que se case contigo.

A Jazz le ardieron las mejillas.

–Sí, lo sé. Qué vergüenza. Si hubiese podido elegir, tú no habrías sido precisamente el primero.

Tyr se echó a reír.

–Eres una mujer muy bella, Jazz. No necesitas hacer eso. Y no estoy hablando solo de cómo te ve todo el mundo. También eres bella por dentro, y te mereces algo mejor.

–¿Que tú?

–Mucho mejor que yo. Y mejor que un emir al que ni siquiera conoces. Algún día te enamorarás y, cuando ese día llegue, no querrás tener un pasado. Créeme, sé de lo que hablo.

–¿No estarás casado? –le preguntó Jazz, dejando de sonreír.

–¿Yo? No. Todas las mujeres que he conocido eran demasiado sensatas.

–Yo pensaba que serías un buen partido.

–¿De verdad?

Una vez más se estaban mirando a los ojos y a Tyr no se le estaba ocurriendo nada bueno.

–¿Por qué no me hablas de tu pasado, Tyr?

Él se encogió de hombros.

–Me conoces desde hace mucho tiempo, Jazz, pero las personas cambian.

–Pues quiero volver a conocerte –le aseguró ella–. Yo te veo igual, Tyr, y nada de lo que puedas contarme me da miedo. El único que tiene miedo eres tú.

–¿Adónde nos va a llevar esto?

–Si te niegas a hablarme de tu pasado, tendrás que casarte conmigo.

–Pensé que habíamos quedado en no hablar más de ese tema.

–No me lo estás poniendo fácil, Tyr.

–¿Fácil? –dijo él, riendo–. Esta situación no tiene nada de fácil, Jazz.

–Apuesto a que cuando me levantaste de la arena en lo último que pensabas era en casarme contigo.

–Tienes razón.

–Pero si no te casas conmigo seré la princesa deshonrada de Kareshi. Mi pueblo jamás te lo perdonará –continuó, poniéndose seria–, y Sharif, tampoco. Tal vez sea un líder progresista, pero jamás haría nada que pusiese en riesgo la confianza de su pueblo. Lo siento, Tyr, pero me temo que no hay alternativa... para ninguno de los dos.

–Es una locura.

–Es la realidad. Ni el emir ni ningún otro hombre querrá casarse conmigo ahora. Supongo que podría irme a vivir a otro país, pero así no podré ayudar a mi gente.

Por una vez, Tyr no supo qué decir. Se quedó en silencio unos segundos.

–¿Oyes eso?

–¿El qué, Tyr?

–Exacto.

Ya no había viento.

–La tormenta ha pasado. Pronto vendrá alguien a comprobar cómo estás e imagino que no querrás que nos encuentren aquí.

–Ya es demasiado tarde para preocuparnos por eso, Tyr –le aseguró Jazz.

Él abrió la puerta y salió. Por desgracia, Jazz tenía

razón. Un grupo de personas avanzaba hacia él, querían comprobar que su princesa estaba bien. Los vio mirarse y se dio cuenta de que daban por hecho que Jazz estaba bien porque estaba con él. ¿Cómo iba a traicionarlos?

Mientras se alejaba, sintió las miradas de los lugareños en la espalda, no eran miradas hostiles, sino todo lo contrario. Era evidente que estaban encantados de su relación con Jazz. El único problema era que él no quería una esposa y la última persona a la que quería arrastrar a su oscuro mundo era Jazz, aunque todavía podía sentir el roce de sus labios en la piel. Jamás podría olvidar cómo había temblado cada vez que la había tocado, ni su delicioso aroma. Deseaba a Jazz, pero ¿podían obligarlo a casarse con ella?

Era una locura y no iba a ocurrir. Tenía que haber otra solución a su problema e iba a encontrarla.

Capítulo 11

TYR durmió mal y al día siguiente se marchó antes del amanecer. Necesitaba pensar. Tenía que encontrar una solución. Todavía hacía fresco cuando llegó a caballo hasta el cañón, donde salía a la superficie una fuente en la que solía dar a beber a su caballo.

Se echó hacia atrás en la silla mientras el animal se acercaba al agua y, una vez allí, desmontó. Se quitó la ropa y se metió en el agua helada. Eso le aclararía la mente y lo tranquilizaría mientras decidía qué hacer a partir de entonces.

Necesitaba alejarse de Jazz para saber cómo marcharse sin destrozarle la vida. Ya era demasiado tarde para lamentarse por lo ocurrido. Tenía que encontrar una solución que los conviniese a ambos. Era una mujer valiente, con aspiraciones, lo mismo que él, también era la hermana de su mejor amigo y muy atractiva, así que habría podido ser la mujer perfecta de no haber sido por los fantasmas que le seguían los pasos.

Nadó para apaciguar su frustración y después volvió hasta el lugar en el que había dejado la ropa, se sacudió el agua, se puso los vaqueros y cerró los ojos, como si así pudiese alejar de su mente la imagen de Jazz.

Entonces su caballo relinchó y él la vio. La habría reconocido en cualquier parte. Ninguna otra mujer montaba con la gracia y la elegancia de Jazz, ni con tanta seguridad. Tyr se dio cuenta del momento exacto en el que ella lo veía también, pero siguió cabalgando en su dirección. Aquel era su lugar, lo mismo que el de él. Estaba en su elemento, montando a caballo en el desierto, pero si no se casaba con ella jamás volvería a ser libre en Kareshi. Al menos, tal y como entendía él el término «libertad».

–Por fin te he encontrado –dijo al llegar a su lado, desmontando de un salto y sonriendo.

–Yo me ocuparé de él –respondió Tyr, tomando las riendas de su caballo.

–No es necesario.

–Sí que lo es –la contradijo él–. De vez en cuando tienes que aceptar ayudar, Jazz.

Agarró las riendas de ambos animales y los llevó hasta el agua para que bebiesen.

Mientras hacía un esfuerzo por colocarse bien el velo, Jazz se dio cuenta de que había tenido la esperanza de encontrar a Tyr en el *wadi*. Había estado pensando en él toda la noche. Pensando en su pasado y en todo lo que Sharif le había contado, que no había sido mucho. Aquella era una buena oportunidad para preguntarle, pero vio su fuerte espalda y no le salieron las palabras. Tal vez porque tenía miedo de que Tyr volviese a cerrarse en banda, porque eso sería otra señal más de lo distanciados que estaban.

–¿Nunca te marcharías de Kareshi por lo que ha ocurrido, verdad? Sobre todo, con lo que necesita el poblado.

–Cuanto más tiempo me quede en Wadi, más hablará la gente. Si no me marcho yo, deberías hacerlo tú, Jazz.

–¿Por qué iba a marcharme ahora que el daño ya está hecho?

Tyr la agarró de los brazos y la puso delante de él.

–¿Quieres dejar de discutir por una vez? –le preguntó, mirándola fijamente a los ojos.

Jazz estaba dispuesta a cualquier cosa menos eso.

–Te lo digo pensando en ti, Jazz. Los habitantes del poblado se están acostumbrando a vernos juntos y, si siguen haciéndolo, no podremos sacarles de la cabeza la idea de la boda. Y si nos casamos te destrozaré la vida. No podrás volver a casarte después.

–¿Acaso piensas que voy a querer hacerlo, después de esto? Que sepas que todo esto me gusta tan poco como a ti, Tyr.

–Todavía estoy intentando encontrar una manera de solucionarlo, Jazz.

–No hay solución –respondió ella, mirando hacia el agua–. ¿Por qué no atravesamos el *wadi* a caballo?

–Si quieres.

Era algo que habían hecho de niños.

Los caballos echaron a nadar hasta la arena. Una vez fuera del agua, Jazz levantó el rostro hacia el sol y sonrió mientras respiraba hondo. Quería escapar de la realidad una vez más.

–¿Puedes oler el desierto, Tyr?

–¿Los excrementos de camello y el calor?

–Eres un salvaje. Huele a jazmín y a lavanda. El olor es tan intenso porque los caballos han aplastado las flores.

–Si tú lo dices.

Era evidente que Tyr no era nada romántico y Jazz lo comprendió. Él desmontó y Jazz le tendió la mano para que la ayudase, pero él la agarró de la cintura para dejarla con cuidado en el suelo. A Jazz le encantó la sensación, pero Tyr la soltó en cuanto estuvo en tierra firme.

–Debería marcharme, Jazz.

–Pero esta es nuestra oportunidad de hablar de ti. La última vez lo evitaste, pero en esta ocasión no lo voy a permitir.

–¿Qué quieres saber? –le preguntó Tyr, mirándola.

–Todo.

–La princesa de Kareshi puede tener derecho a muchas cosas, pero esos privilegios no me incluyen a mí, Jazz.

–Entonces, ¿no puedo saber nada de quien solía ser mi amigo? Y espero que siga siéndolo.

–No sé qué quieres que te diga.

A Jazz se le encogió el corazón al ver la frialdad de Tyr. Cerró los ojos y supo que no quería estar con un hombre que tampoco quería estar con ella, pero no pudo evitar desear ayudarlo.

–Venga, Jazz. Toma una decisión –la alentó él–. Tengo que marcharme.

–Yo había pensado echar un vistazo a las cuevas.

–¿Por qué?

Porque aquella era la última oportunidad de restablecer el contacto con él. En las cuevas había pinturas prehistóricas y sus propios garabatos de niña. Cuando Sharif se había enterado, se había puesto furioso y había pedido que lo limpiasen. Tyr la había defendido y le había asegurado a Sharif que la lluvia se encargaría de borrar lo que ella había pintado. Y así había sido. Al final Jazz no había estropeado el arte prehistórico. De niños, habían explorado las cuevas muchas veces. Tal vez, si volvían a ellas, surgiría de nuevo la conexión entre ambos.

–¿A qué estás jugando? –le preguntó Tyr, echando a andar detrás de ella.

–A nada, solo estoy avanzando en nuestro plan de ponernos al día.

–Tu plan –la corrigió, pensando que era lo más bonito que había visto desde que la había visto el día anterior.

–Voy a preguntarle a Sharif si podemos abrir las cuevas al público –le explicó–. Deberíamos compartir la historia de Kareshi. Solo tenemos que construir un camino con barandillas por el acantilado y formar a algunos guías.

Mientras él pensaba, molesto, que Jazz no dejaba de hablar en plural, vio cómo empezaba a subir y la siguió.

–Ten cuidado, Tyr. Es peligroso.

–¡Jazz!

El corazón se le detuvo al verla tropezar, la agarró y la puso en un lugar seguro y, durante unos segundos, se limitaron a mirarse a los ojos. Luego, consciente de que seguía sujetándola, la soltó.

–No te preocupes, Tyr. Conozco esta zona como la palma de mi mano.

–Los terrenos cambian con el tiempo, podías haberte caído.

–Pero sabía que tú me salvarías –respondió ella, tocándole el brazo.

–Entonces, estás loca –respondió Tyr, dándose la vuelta antes de quitarle el velo y besarla apasionadamente.

Pero entonces Jazz pisó unas piedras sueltas y empezó a caer. Él volvió a agarrarla y miró el rostro de la mujer a la que deseaba. Parecía estar deseando que la besase. Y entonces le quitó el velo y la abrazó.

–¿Qué estás haciendo? –susurró ella.

Él respondió inclinando la cabeza y besándola. Y ella respondió tal y como Tyr había esperado, derritiéndose contra su cuerpo y abrazándolo por el cuello. Entonces Tyr se apartó y se maldijo por haber perdido el control.

–Ahora, vámonos.

–Tienes razón –respondió Jazz, tragando saliva–. ¿Te importa si te agarro de la mano el resto del camino?

–Por supuesto que no.

Cuando volvieron al pie del acantilado, Tyr volvía a pensar con claridad.

–Vas a ir al poblado delante de mí.

Jazz se sintió preocupada. El tono de voz de Tyr había cambiado completamente. La había besado, pero en el breve tiempo que les había llevado bajar por el camino del acantilado, Tyr había vuelto a distanciarse de ella. El hecho de que pudiese encerrarse en sí mismo completamente y en tan poco tiempo la asustó. Había muchas cosas que no sabía de él y tenía miedo a perder la amistad de un hombre al que había querido desde que era niña.

Montaron a los caballos en silencio y Jazz se dijo que, si había aprendido algo en las últimas semanas, había sido que no podía encontrar la fórmula de la vida perfecta, porque cada persona tenía distintas aspiraciones. El sueño de Tyr era reconstruir el poblado y después empezar otro proyecto nuevo, mientras que ella quería quedarse y desarrollar lo que había puesto en marcha. Su beso le había recordado lo que podía haber sido, aunque para Tyr fuese evidente que había sido un error. El tiempo que había pasado con él había sido un regalo inesperado, pero se había terminado. Hizo trotar a su caballo y vio cómo Tyr iba en dirección contraria, tomando así el camino más largo para llegar al poblado.

Tyr no se lo podía creer. Había besado a Jazz. ¿En qué había estado pensando? Llevaba de vuelta en el poblado menos de una hora cuando esta llegó a darle la noticia. Lo encontró en el salón de actos, arreglando la conexión a Internet.

–Pensé que debías saberlo.

–¿Por qué no empiezas desde el principio y me cuentas todo lo que pone en el correo de Sharif?

–Ya sabes cómo son los correos electrónicos. Escribes una cosa y la persona que lo recibe entiende otra diferente. Yo le dije a Sharif que podíamos solucionar el problema solos, pero el jefe del poblado le escribió también contándole lo feliz que estaba todo el mundo de que nos fuésemos a quedar aquí después de casarnos. Por favor, no te enfades, Tyr. Es solo un terrible malentendido.

–Es como una tormenta de arena en el infierno –comentó él.

Cerró el ordenador y llevó a Jazz afuera. Ya no le preocupaba lo que pudiese pensar la gente al verlos juntos, pero Jazz tenía razón, era demasiado tarde para recriminaciones.

–¿Y cuándo se supone que va a tener lugar la ridícula ceremonia?

–Mañana.

–¿Qué?

–Lo siento, Tyr. Aquí no creen en los noviazgos largos.

–¡No me digas!

De camino a su tienda, Jazz admitió que Tyr tenía derecho a estar enfadado. La dejó allí y se marchó sin mirar atrás. Aquello ya no tenía solución, salvo que Tyr estuviese dispuesto a arriesgar su amistad con Sharif, cosa que Jazz dudaba.

Tyr no quería casarse, no quería engañar a personas a las que quería. Y no quería que Jazz tuviese que vivir con aquella farsa. Jazz era inocente y los habitantes de Wadi eran los únicos culpables de querer compartir la felicidad de su princesa. Que esta se casase en su poblado era un sueño hecho realidad para ellos. Acababa de hablar con Sharif y este le había confirmado que, si se marchaba de allí, jamás podría volver a pisar Kareshi.

–Tú eres mi amigo y Jazz, mi hermana –le había dicho–. Y confío en que lo solucionéis juntos.

Aquella noche, Tyr no durmió. ¿Cómo iba a dormir con Jazz medio desnuda tan cerca? Jazz con el pelo negro extendido en la almohada y sus dulces labios rogándole que la besase.

No tenía que haberla besado. Tenía que haber mantenido las distancias.

Pero ya era demasiado tarde. Miró hacia la oscuridad y recordó que Sharif había terminado pidiéndole que fuese bueno con Jazz, no sabía ser de otra manera con ella. Pero no podía imaginarse llevando hijos a un mundo tan violento, y Jazz tenía derecho a tener niños.

Se levantó de la cama y se puso a andar de un lado a otro. ¿Quién era él para arruinarle la vida a Jazz? Le había hecho esa misma pregunta a Sharif y este había insistido en que lo mejor que podía hacer era casarse con su hermana. En esos momentos, Tyr se conformaba con seguir siendo su amigo, aunque tenía la sensación de que no iba a poder tener con Jazz una mera relación contractual.

A pesar de sus dudas, Jazz se sintió conmovida al ver cómo se esforzaban los habitantes del poblado en hacer de su boda un día especial. La idea de convertirse en la esposa de Tyr la hacía hiperventilar. No era capaz de convencerse de que se estaban casando por obligación y solo podía pensar en que iba a estar casada con él. Aunque, por supuesto, no se lo había dicho. Y Tyr había hecho todo lo posible por guardar las distancias. Sharif no tardaría en llegar para darles su bendición, así que todo el mundo se apresuraba a terminar con los preparativos.

Jugó con el velo del mejor encaje Chantilly y se estremeció al pensar en la noche de bodas.

¿Y Tyr? ¿Cómo se sentiría?

Probablemente le repugnase la idea de tener que acostarse con ella.

Jazz se dio cuenta de que casi lo prefería así. Tal vez pudiesen llegar a un acuerdo y dormir en camas separadas. Seguro que Tyr estaba de acuerdo. Ella no sabía absolutamente nada de sexo, salvo lo que había leído u oído. El tema no le había preocupado porque había tenido la intención de mantenerse casta hasta el matrimonio.

Se obligó a dejar de tocar el velo para no estropearlo y respiró hondo. «¡Cálmate!». Si seguía así, llegaría de los nervios a la ceremonia.

¿Se presentaría Tyr?

La posibilidad de que no lo hiciera la aterraba. Tenía que concentrarse en la idea de que Sharif y las hermanas de Tyr y los maridos de estas no tardarían en llegar.

Sharif había sido muy escueto en sus comunicaciones y a Jazz no le extrañaba que estuviese enfadado con ella. Había insistido en que llegase a un acuerdo con el emir de Qadar para después cambiar de idea y sorprenderlo con la noticia de que iba a casarse con Tyr Skavanga.

Teniendo esto en cuenta, Sharif se estaba conteniendo bastante.

Por el momento.

Capítulo 12

JAZZ se levantó al amanecer y empezó a andar de un lado a otro, nerviosa. Era el día de su boda. ¡Su boda con Tyr! No podía creerlo. No estaba segura de querer creerlo. Britt le había enviado un mensaje de texto para confirmarle que las tres hermanas iban de camino, lo que la tranquilizaba un poco. En realidad, no tenía de qué preocuparse.

Salvo de la noche de bodas, pero para eso todavía faltaba mucho tiempo.

Y de Sharif, aunque prefería no pensar en su hermano en esos momentos.

¿Y si Tyr no se presentaba? Si no se presentaba, ella misma decepcionaría a muchas personas. Y se le rompería el corazón. Quería a Tyr. Siempre lo había querido y aunque aquella boda fuese una farsa, se sentía tan emocionada como cualquier novia. No obstante, sabía que Tyr era un aventurero y que siempre estaba buscando horizontes nuevos. Tal vez ya se hubiese marchado de Kareshi. Tyr le era leal a su hermano, pero también era un hombre nuevo al que ella ya no conocía.

Oyó a las mujeres del poblado fuera de su tienda y se distrajo. Fue difícil no contagiarse de su entusiasmo cuando las dejó entrar para ayudarla a prepararse.

¡Podía hacer aquello! Siempre y cuando se ciñese a su plan original de no pedirle nada a Tyr.

¿Le pediría algo él a ella?

Sintió aprensión solo de pensar en lo que Tyr podía esperar de ella en la noche de bodas. Solo podía decepcionarlo. Pero cuando se imaginó a Tyr tocándola, Tyr, el señor del placer...

Se sintió mejor cuando por fin pudo abrazar a las tres hermanas Skavanga. Se alegró de tenerlas allí, pero también se sintió mal porque las estaba engañando.

–¿Por qué estás llorando? –le preguntó Eva muy seria–. ¿Es que quieres tener los ojos rojos e hinchados? Se supone que tiene que ser un día feliz.

Y luego le frotó el rostro con la manga de su camisa.

–¡Para! –exclamó Leila–. No hemos venido aquí a hacerle una exfoliación, sino a animarla.

Después de apartar a Eva, Leila abrazó a Jazz por los hombros.

–Todo el mundo se emociona el día de su boda, y no sabes lo felices que estamos de que vayas a casarte con nuestro hermano. Estamos aquí para ayudarte.

Britt era la única que la miraba con preocupación, se había dado cuenta nada más verla de que algo no iba bien, pero no había dicho nada.

El sol brillaba ya con fuerza en un cielo completamente azul cuando empezaron a prepararse de verdad. Jazz estaba demasiado tensa para disfrutar del momento. Quería contarles la verdad a las hermanas de Tyr y pedirles consejo, pero no podía hacerlo. Todavía no sabía si Tyr no habría vuelto a marcharse por su culpa, si era así, ¿cómo se sentirían sus hermanas?

Jamás se lo perdonarían, y ella tampoco se perdonaría a sí misma.

–¿Y estás nerviosa con la noche de bodas? –preguntó Eva.

–¿Por qué tienes que ser tan directa? –la reprendió Leila.

–Porque soy así –respondió Eva.

Jazz palideció solo de pensar en confesar su falta de experiencia sexual a las hermanas Skavanga, pero las mujeres del poblado se habían marchado para ir a buscar las joyas que iba a llevar para la ceremonia, así que no había nada que pudiese detener el interrogatorio de Eva.

–Es una pregunta sencilla –insistió Eva–. A juzgar por el anuncio de boda, supongo que sigues siendo virgen, ¿no, Jazz?

–Qué pregunta –exclamó Leila indignada–. Jazz, no hace falta que contestes a eso.

Jazz se obligó a sonreír con confianza.

–No te preocupes. No voy a hacerlo.

Después se echó a reír. Eva tenía razón. Estaba muerta de miedo. No tenía ninguna experiencia sexual. Así que, si Tyr se presentaba a la boda, ella tendría que preocuparse por la noche de bodas, y si no aparecía, sería un desastre en todos los aspectos. Un desastre del que ella sería la causa.

–O es virgen o no lo es –continuó Eva–. No hay

término medio. Y si la respuesta es sí lo único que quiero es que sepa que puedo darle algunos consejos.

–Gracias, Eva –le dijo Britt en tono tranquilo–, pero no creo que sea el momento.

–¿Ya no te acuerdas de que el día de tu boda nos rogaste que te dejásemos en paz, Eva? –le preguntó Leila–. ¿No recuerdas lo difícil que es mantener la calma cuando a tu alrededor todo el mundo quiere darte consejos? Si vas a estar aquí, ¿por qué no haces algo de utilidad? Podrías ir a buscar a la señora de la *henna* y averiguar cuánto tiempo va a tardar.

Eva cambió de gesto.

–Jazz, lo siento. No me daba cuenta.

Jazz se acercó y le dio un abrazo. Estaba deseando que le diesen consejos, pero no podía admitir que era virgen, y mucho menos que era probable que siguiese siéndolo después de aquella noche.

–Iré con Eva a buscar a la señora de la *henna* –se ofreció Leila, sintiendo que Britt quería hablar a solas con Jazz.

En cuanto se quedaron a solas, Britt le hizo la pregunta que Jazz se había estado temiendo:

–¿Qué ocurre, Jazz? ¿Me lo puedes contar?

Esta suspiró pesadamente. Se sintió tentada a contárselo todo, pero Britt ya tenía bastante con dirigir su empresa y estar casada con Sharif.

–Nada. Son los nervios previos a la boda.

–Eso es comprensible –admitió Britt sonriendo–. Me di cuenta de la conexión que había entre vosotros en la fiesta, así que en realidad no estoy sorprendida, pero lo cierto es que no me lo esperaba. No tan pronto, quiero decir.

–Yo tampoco –le contestó Jazz.

–Siento que te cayeses del caballo, pero, si eso ha creado un vínculo entre vosotros, ha sido una manera de ahorrar tiempo –comentó Britt riendo antes de volver a ponerse seria otra vez–. Si alguien puede conseguir que mi hermano se quede quieto en un lugar, esa eres tú, Jazz. Así que gracias. De verdad. Y, por si te sirve de ayuda, pienso que estáis hechos el uno para el otro.

–¿Lo dices en serio?

–Sí –insistió Britt–. Es evidente que el destino os ha unido.

–¿Dónde está Tyr? –preguntó Jazz sin pensarlo–. ¿Lo has visto?

–No te preocupes. Tyr ha salido a montar a caballo con Sharif. Cualquiera diría que tienes miedo a que te deje plantada en el altar.

–¿Estaba de buen humor? –añadió Jazz.

–¿Tú qué piensas? –dijo Britt arqueando una ceja.

Buena pregunta.

Jazz pensó que si Tyr y su hermano estaban montando a caballo era porque debían estar ideando un plan para sacar a Tyr de aquella situación.

–¿Jazz?

–Son los nervios. Tengo que dejar de preocuparme.

–Sí.

Salieron de la tienda a esperar que todo el mundo volviese y Jazz se preguntó si podía haber una tarde más bonita que aquella. El cielo estaba de color violeta y la luna brillaba ya, rodeada de estrellas. Jazz levantó el rostro, cerró los ojos y se dijo que iba a casarse con Tyr Skavanga. Un sueño hecho realidad...

Que corría el riesgo de convertirse en pesadilla.

Alrededor de una hora más tarde los invitados, con Jazz a la cabeza, se disponían a salir de la tienda. Habían abierto la puerta completamente y los lugareños se arremolinaba alrededor para tirarle pétalos traídos expresamente de Skavanga. No parecía una boda organizada deprisa y corriendo, sino más bien lo contrario. Gracias al duro trabajo de Britt, Eva y Leila, además del de las mujeres del poblado, Jazz iba a tener la boda de cuento de hadas con la que siempre había soñado. Una boda que se recordaría durante generaciones en el poblado Wadi.

Se levantó el dobladillo de la vaporosa falda de gasa y se sintió feliz a pesar de que le temblaban las manos. Salió de la tienda seguida de Britt, Eva y Leila, que eran sus damas de honor. Y le dio las gracias a Britt en un susurro cuando este le dio un ramo de rosas del Ártico. Quería confesarles que no recordaba una época en la que no hubiese amado a su hermano, pero no quería decir nada que pudiese dar una imagen equivocada de lo que aquella boda era en realidad. Agradeció que el velo escondiese sus tumultuosos sentimientos. El velo, que iba sujeto a su cabeza por una tiara de diamantes de la mina de Skavanga, era de encaje de Chantilly y estaba salpicado de diamantes y perlas que brillaban con la luz de los cientos de antorchas que las iluminaban por el camino de arena hacia el hombre al que había amado toda su vida.

–Es lo más bonito que he visto en mi vida –dijo Leila mientras caminaba detrás de Jazz.

–No te preocupes, deduciremos su coste del próximo dividendo de Tyr –bromeó Eva–. ¿Por qué estás temblando, Jazz? No te estarás poniendo enferma, ¿verdad?

¿Enferma de amor, tal vez?

–Es que no estoy acostumbrada a tanto alboroto.

–Pues deberías –le respondió Eva–. Al fin y al cabo, eres una princesa.

–Todas las novias son princesas el día de su boda –intervino Leila.

Jazz se volvió a estremecer al tocar las piedras blancas de su tiara.

–Pues esta novia no se merece tanta atención.

–Por supuesto que sí –insistió Eva–. Todas las novias se merecen tanto alboroto el día de su boda, y siempre puedes devolver la tiara cuando hayas terminado de utilizarla. De hecho, me la puedes regalar a mí.

–¿Puedes dejar de tomarle el pelo a Jazz? –la reprendió Leila, poniéndose al otro lado de la novia–. ¿No te das cuenta de que no está de humor?

La multitud retrocedió mientras sentaban a Jazz en un camello al que habían lavado con champú para la ocasión. Iba enjaezado con madera tallada a mano, hilo de plata y campanillas, e iba anunciando con su bamboleo la llegada de la novia antes de que Tyr pudiese verla. Todo el mundo suspiró cuando la novia se acercó al cenador adornado con flores del desierto en el que se iba a celebrar la ceremonia. Algunos lugareños habían trepado a las palmeras para verla mejor y ella los saludó y les sonrió.

Luego pensó que Tyr debía de haberse presentado, si no, alguien la habría avisado ya.

Su mirada lo encontró inmediatamente y Jazz se

sintió aliviada, y nerviosa. Iba vestido con una túnica blanca y era la única persona que no la estaba mirando. Ni siquiera la miró cuando el chico que llevaba el camello le dio la orden de arrodillarse y ayudó a Jazz a desmontar. Tal vez Tyr se hubiese convencido de que, si no la miraba, podría mantener la ilusión de que aquello era solo un mal sueño.

Y entonces se giró y Jazz tuvo la sensación de haberse quedado sin aire en los pulmones. Cualquiera habría dicho por su mirada que realmente quería casarse con ella.

La multitud aplaudió cuando Sharif se alejó de Tyr para escoltar a Jazz hasta el cenador.

–Hermano –dijo ella, haciendo una breve reverencia que provocó todavía más aclamaciones.

–Estás preciosa, Jasmina –comentó este.

Jazz lo miró fijamente a los ojos. Todo iba a ir bien. Tenía que pensarlo aunque no pudiese evitar preguntarse de qué habrían hablado los dos hombres durante su paseo. Era demasiado tarde para preguntárselo a Sharif, y agradeció que Britt le sonriese mientras que Sharif le entregaba su mano a Tyr.

Capítulo 13

OCURRIÓ algo mientras estaba en el cenador al lado de Tyr. De repente, se sintió tranquila. Tyr era fuerte y auténtico, así que era normal que se sintiese así. Y sentía tanta pasión por Kareshi y estaba tan comprometido con el país como ella. Y a pesar de no haber querido aquel matrimonio, Jazz jamás tenía que haber dudado de su presencia. Tyr jamás dejaría de cumplir su deber, como ella.

Pero ella lo amaba. Amaba a Tyr con todo su corazón. Siempre había amado al magnífico vikingo y siempre lo amaría.

–¿Aceptas a este hombre...?

–Sí –respondió sin dudarlo.

–¿Aceptas a esta mujer...?

–Sí.

La voz de Tyr era firme y comedida. Era el tipo de voz que inspiraba confianza. En el fondo, ambos sabían que estaban haciendo lo correcto.

Tal vez no hubiese amor, pero era correcto, se dijo Jazz al finalizar la ceremonia y mientras Tyr, que ya era su marido, la ayudaba a bajar las escaleras.

¿Podía haber algo más romántico? Si el cielo de la noche había sido mágico, el lugar en el que se iba a celebrar el banquete no podía ser más bonito. La temperatura era perfecta y corría una suave brisa que jugaba con el velo de Jazz. Estaba sentada al lado de Tyr en un banco de almohadones de seda colocados sobre una valiosa alfombra. Estaban sentados muy separados, como marcaba la tradición, y no se habían vuelto a hablar desde que habían intercambiado los votos. Era lo que se esperaba de unos recién casados en Kareshi, pero a Tyr no le había supuesto ningún esfuerzo. Estaba impasible, con expresión serena, pero distante. Hasta que se giró a mirarla y a Jazz se le encogió el estómago.

–¿Quieres fruta o café?

Ella intentó detectar cierta calidez en su voz, pero no fue capaz. Se recordó que aquel era un matrimonio de conveniencia. Era como si se hubiese casado con un extraño. Aceptó la fruta y el café a sabiendas de que no probaría ninguna de las dos cosas. Un niño se puso a su lado y esperó para pelarle la fruta si ella se lo pedía, pero ni Tyr ni él le volvieron a hablar, ni siquiera cuando le dio las gracias al niño por haberle rellenado la copa de zumo.

Era invisible. A esas alturas ya tenía que haber estado acostumbrada al tratamiento que se daba en público a la princesa de Kareshi, pero lo cierto era que las tradiciones de su país nunca le habían parecido tan draconianas. Había soñado con risas y miradas íntimas el día de su boda.

No obstante, se dijo que aquello era mejor que casarse con el emir de Qadar. Tyr era el amor de su vida, y si aquella hubiese podido ser la boda de sus sueños, podrían haber conseguido muchas cosas juntos.

Pero no era una boda de cuento de hadas y Jazz no iba a engañarse pensando lo contrario. Odiaba tener que engañar a los demás porque, por bonito que fuese todo, estaba deseando que terminase, estar a solas con Tyr y poder aclararlo todo.

¿A solas con Tyr?

Se le secó la boca solo de pensarlo. ¿De verdad quería estar a solas con él? ¿A solas, en la cama, desnudos?

–¿Has dicho algo?

Miró a Tyr y sintió que le ardían las mejillas al darse cuenta de que debía haber expresado su aprensión en voz alta.

–No, nada.

Sonrió para tranquilizarlo. ¿Cómo iba a admitir que estaba aterrada de pensar en que iba a estar a solas con él cuando se conocían de toda la vida?

Nerviosa, hizo girar la sencilla alianza de platino que Tyr había colocado en su dedo. Estaba segura de que iba a decepcionar a Tyr, un hombre vital y masculino, mientras que ella no sabía nada del amor físico entre un hombre y una mujer. Siempre había esperado que la primera vez fuese especial y no dolorosa, tal y como le habían dicho que podía ser, pero más allá de eso...

–¿Te gusta?

–¿Perdona?

–¿El anillo? ¿Te gusta? –le preguntó Tyr.

–Me encanta –le contestó–. ¿Cómo has podido encontrar un anillo tan bonito en tan poco tiempo?

–Me lo ha traído Britt.

A Jazz no le extrañó oír aquello y pensó que no merecía tener a personas tan buenas en su vida, deseó poder contarle la verdad a su amiga.

Fue a levantarse para hablar con ella, pero Tyr se lo impidió apoyando una mano en su hombro.

–¿Adónde vas?

–A hablar con Britt. Tengo que contarle que esta boda es una farsa.

–No vas a hacer eso –le dijo Tyr en voz baja–. Salvo que quieras disgustar a todo el mundo.

–Es lo último que pretendo, pero...

–No es el momento, Jazz –murmuró Tyr mientras empezaban los discursos.

Tyr no le pidió que se los tradujese. Jazz imaginó que ya había oído suficiente. No hubo contacto visual ni de ningún otro tipo entre ambos. ¿Mejorarían las cosas cuando estuviesen a solas?

–¿Tienes frío? –le preguntó Tyr al verla estremecerse.

Antes de que le diese tiempo a responder, Tyr le había puesto una manta de cachemir sobre los hombros. Eso le hizo recordar las veces en las que había hecho algo parecido acompañado de un inocente abrazo de oso para calentarla.

–¿Tienes frío y estás cansada? –volvió a preguntarle al verla suspirar.

–No.

Cuando por fin se levantaron para marcharse, Jazz se sintió como una prisionera condenada a muerte en vez de como una recién casada que fuese a pasar la noche de bodas con su marido. La procesión nupcial tardó un rato en recorrer el poblado para llegar hasta la tienda de los novios, que habían colocado algo alejada del resto, cerca del oasis.

Al entrar, Jazz dio un grito ahogado al ver tanto lujo. Había comida en abundancia y una cama tan grande que le fue imposible no clavar la vista en ella.

Después de aquello y, tal y como marcaba la tradición, Tyr y Jazz dieron las gracias a todo el mundo por aquel día tan maravilloso. El abrazo que le dio a Britt fue el más largo de todos.

–Todo irá bien –le susurró esta–. Sé que Tyr va a cuidarte.

–Por supuesto –respondió ella.

Cuando todo el mundo se marchó, se quedaron cada uno en una punta de la tienda, mirándose.

Jazz hizo acopio de valor.

–¿Te quieres bañar, o lo hago yo primero?

–Báñate tú primero –le sugirió Tyr–. ¿Quieres que te ayude con el vestido?

–No, gracias.

Los dos estaban muy tensos, como dos extraños obligados a pasar la noche juntos.

–Pero báñate tú primero –añadió Jazz–. Yo esperaré.

Se sintió aliviada al ver desaparecer a Tyr detrás de una cortina y pensó que aquello no tenía nada que ver con la noche de bodas con la que había soñado.

Cuando Tyr salió, lo hizo con una toalla alrededor de la cintura, y ella intentó tranquilizarse diciéndose que aquello era normal en su cultura.

Esbozó una sonrisa mientras él le apartaba la cortina que daba a la zona del baño. Aquel iba a ser el baño más largo de la historia. Y como no había querido que Tyr la ayudase a desvestirse, iba a tardar un siglo en hacerlo. Después de un buen rato, por fin pudo meterse en el agua, que resultó estar muy fría.

–¿Estás bien? –preguntó Tyr al oírla dar un grito.

–Sí –respondió ella, sumergiéndose por completo por si acaso a Tyr le daba por entrar a investigar.

Salió cuando ya tenía la piel arrugada y se envolvió en una toalla enorme.

Vio los diferentes tarros con crema, pensados no solo para que oliese bien y tuviese la piel suave, sino para realzar las sensaciones cuando se acariciasen, y a Jazz le entraron ganas de echarse a reír. Necesitaría cantidades industriales, y un hombre que mostrase algún interés en aplicársela.

Se tomó su tiempo a la hora de elegir el camisón. No era sencillo, ya que todos eran muy finos, casi transparentes. ¿Cómo iba a enfrentarse a Tyr vestida así?

Entonces pensó que sería su única oportunidad de estar casada y de hacer el amor antes de que su vida se convirtiese en un ejercicio de total soledad.

¿Podría pedirle a Tyr que la enseñase a hacer el amor? Le ardieron las mejillas solo de pensarlo. Tomó una bata y se la puso encima del camisón que había escogido.

Si Tyr solo quería ser su amigo, tendría que conformarse con eso, pero si no se lo preguntaba, jamás lo averiguaría. Tenía que encontrar la manera de restaurar la comunicación con él para que pudiesen sentirse a gusto juntos. Y después pasarían toda la noche charlando, hasta que ambos estuviesen agotados y se quedasen dormidos.

«Cobarde».

Tyr se había puesto cómodo en una cama de almohadones que estaban muy lejos de la cama. Tenía los ojos cerrados.

Jazz se sintió aliviada. Se había quedado dormido.

Tyr cerró los ojos cuando Jazz salió del baño, pero había visto suficiente para quedarse sin respiración. De espaldas a él, había empezado a cepillarse el pelo y, a pesar de llevar una bata, Tyr podía verla desnuda con cierta facilidad. Era la mujer más bella que había visto jamás. Y no sabía que era capaz de excitar a un hombre que había creído muerta aquella parte de su vida. En esos momentos estaba muy excitado, tanto física como emocionalmente, y todo gracias a Jazz Kareshi.

Jazz Skavanga, se corrigió Tyr sonriendo.

Jazz se había puesto algo que olía muy bien, y la bata era de color coral, suave y muy fina. Y se estaba haciendo una trenza.

«No, no te hagas una trenza, no te lo recojas», pensó él.

Sonrió al imaginar la reacción de Jazz si le contaba lo que sentía por ella, y se dijo que lo que necesitaba en esos momentos era otro baño de agua fría.

Se dio la vuelta y fingió estar dormido mientras Jazz se levantaba y lo miraba. Lo más sensato sería que se acostase en la cama y se pusiese a dormir lo antes posible. Lejos de él. La deseaba más que nunca y, a pesar de que para el resto del mundo tenía carta blanca para seducir a la mujer que en esos momentos ya era su esposa, Jazz significaba para él mucho más que eso, y jamás la engañaría prometiéndole más de lo que podría darle.

Suspiró aliviado al ver que iba hacia la cama, pero no supo si sería capaz de contenerse toda la noche.

Capítulo 14

UNA vez en la cama, Jazz miró hacia donde estaba Tyr. En lo único que podía pensar era en Tyr abalanzándose sobre ella, aunque era consciente de que, si lo veía mover un solo músculo, sería capaz de salir corriendo.

Se preguntó si también estaría muerta su amistad, y si Tyr no necesitaría nunca una palabra o un gesto cariñosos, como ella en esos momentos. Comprendía que se hubiese convertido en un hombre duro y autosuficiente, pero quería que supiese que le importaba, y que aquella era su noche de bodas, cosa que la aterraba y, al mismo tiempo, la alentaba a ser más valiente. Volvió a mirar al silencioso vikingo y se preguntó si no debía haberse casado con el emir de Qadar.

–¿Jazz? –murmuró Tyr sin abrir los ojos–. Jazz, ¿qué estás haciendo? ¡Pero bueno!

–¿Tú qué crees que estoy haciendo?

Se había metido por debajo de la sábana que lo tapaba y se estaba tumbando a su lado.

–Tenía mucho frío, así que voy a pasar la noche de bodas con mi marido.

–No, no podemos –le aseguró Tyr, apartándose. Intentó no mirarla porque no podía tener más ganas de hacerle el amor.

–Estarás más cómoda en la cama –refunfuñó.

–Más cómoda sí, pero no tan calentita –argumentó ella en un tono de voz que no había utilizado nunca antes.

–Jazz, por favor, sé sensata.

–No quiero. ¿Qué es lo que te preocupa, Tyr? ¿Piensas que voy a intentar... aprovecharme de ti? –le preguntó, mirándolo de manera seductora–. ¿Te preocupa que te desnude y te obligue a hacer algo que en realidad quieres hacer?

–Eso es ridículo –respondió él cerrando los ojos.

–¿Ridículo? ¿Tan repulsiva soy? ¿Ni siquiera puedes mirarme?

–¡Por favor, Jazz! –exclamó él, sentándose–. Para. Bastante complicada es ya la situación.

–Y que lo digas –contestó ella sin moverse de donde estaba.

Tocar a Jazz, y mucho más hacerle el amor, solo podría estrechar todavía más el vínculo que había entre ambos, cuando lo mejor para los dos era mantener las distancias.

–Estamos casados, Tyr. ¿Se te ha olvidado?

–No se me ha olvidado nada. Ahora, vuelve a la cama y duérmete.

Jazz no se movió.

–Tal vez sea tan irresistible que tienes miedo a no querer dejarme si empezamos.

–Por Dios santo, Jazz.

Se giró y le dio la espalda.

–Ya no somos unos niños. Y esto no es un juego –añadió.

–Para mí no lo es. Soy la novia y esta es mi noche de bodas, pero parece que el novio prefiere dormir.

–¿Qué quieres de mí, Jazz?

–Lo que cualquier novia querría de su marido en la noche de bodas: cercanía, lealtad, confianza, intimidad.

Tyr se fijó en que no había hablado de pasión. Ni siquiera Jazz, la eterna optimista, se atrevía a ir tan lejos.

–Y amistad.

Él levantó la vista al oír que se le quebraba la voz y vio sus lágrimas, pero supo que no iba a tirar la toalla porque hubiese sido frío con ella.

–Quiero que me hagas el amor, Tyr –le dijo mientras se limpiaba las lágrimas y levantaba la barbilla–. Quiero que me enseñes todo lo que sabes del sexo. Quiero que me enseñes qué hacer y cómo complacerte.

Tyr se quedó sin habla.

–Tyr...

–He oído todo lo que has dicho.

–¿Y?

Tyr supo que Jazz lo había arriesgado todo, su orgullo, su dignidad, y pensó que se había convertido en un monstruo.

–Lo siento, Tyr, no tenía que haberte puesto en esta situación. Ambos deberíamos dormir. Sé que el sexo ocurre por el acuerdo mutuo de dos personas, no porque una se lo ordene a la otra.

Él se giró a mirarla.

–Es mejor así, te lo aseguro.

–No me das miedo, Tyr, si es eso lo que piensas. Y no podemos seguir así. ¿Qué te pasa? No es normal en ti que retrocedas ante una oportunidad.

–No estoy retrocediendo. Y esto no es una oportunidad, ¿no te das cuenta?

–Estás intentando protegerme haciéndome sentir la mujer menos atractiva de la Tierra.

–Estoy intentando protegerte de mí.

–¿Por qué? ¿Eres un bestia en la cama?

–Jazz –exclamó, exasperado–. Vete a la cama e intenta dormir.

–No voy a marcharme hasta que no me digas qué quieres evitar, Tyr. Y será mejor que se te ocurra algo bueno, porque en esos momentos me siento bastante...

Tyr gruñó con impaciencia al tiempo que se acercaba a ella y Jazz retrocedió.

–Está bien, creo que es mejor que no te provoque.

–Y yo tampoco debería enfadarme tanto, *elskling* –murmuró Tyr, acariciándole la mejilla con su aliento mentolado–. Y con respecto a tus provocaciones... ¿Por qué ibas a cambiar un hábito de toda la vida?

Aquello hizo que Jazz se sintiese esperanzada.

–Es verdad –respondió, contenta.

–Sabes que jamás te he hecho daño, Jazz.

–Lo sé –confirmó ella–, pero como esta noche no puedo irme a ningún otro lugar...

Él apartó la mirada y se pasó la mano por el pelo.

–Por cierto, Tyr, te he pedido algo y sigo esperando la respuesta.

Él cruzó los brazos detrás de su cabeza y se relajó sobre los almohadones.

–Repítelo.

–Quiero que me hagas el amor, Tyr. Es nuestra noche de bodas, así que le estoy pidiendo a mi marido que me enseñe todo lo que tengo que saber acerca del sexo.

–¿En una noche? –comentó él divertido.

–Al menos, podemos empezar –le sugirió Jazz.

Capítulo 15

CERRÓ los ojos y alargó las manos. Al principio lo tocó con timidez, ya que era la primera vez que tocaba la piel desnuda de un hombre. Después pasó los labios por su pecho y aspiró su olor a hombre.

Lo que sentía por Tyr era tan fuerte que estaba desesperada por complacerlo, pero, al mismo tiempo, le preocupaba hacer algo que no le gustase. A pesar de las dudas, besó sus cicatrices y sufrió por todo lo que había tenido que sufrir él.

El instinto le dijo que, más que sexo, lo que necesitaba Tyr era ternura. Tal vez así pudiese volver abrirse a ella. Así que lo abrazó y apoyó la cabeza en su fuerte pecho, y notó cómo se ponía tenso al instante. Jazz pensó que no tenía que haber hecho aquello, pero entonces, después de temblar, Tyr la abrazó con fuerza y ella se aferró a su cuerpo como si su vida dependiese de ello. Solo faltaba una cosa, decirle que todo iba a ir bien, pero era una frase manida que no le haría ningún bien. Lo que necesitaba Tyr era tiempo para que se cerrasen sus heridas.

–No tienes que decirme nada –susurró Jazz contra su piel–. Solo quiero que sepas que siempre estaré ahí cuando me necesites.

–De acuerdo, pero no dejes de abrazarme.

–Trato hecho.

Tyr le quitó la bata y la tiró a un lado.

–Relájate, Jazz. Y ponte cómoda.

Jazz lo miró a los ojos y vio en ellos todo lo que buscaba. Y se recordó que eran marido y mujer, así que no había nada prohibido. Todo su cuerpo estaba alerta, pero se sentía segura.

–Tyr, quiero que sepas que esto no se me da bien.

–Lo sé, Jazz –le aseguró él en voz baja–. Ya me has dicho que eres virgen.

–Sí, me temo que no puedo fingir haber estado con todos los solteros de Kareshi.

Tyr sonrió.

–Hay pocas cosas que no sepa de ti o que no pueda leer en tus ojos, Jazz, y no quiero que me tengas miedo, nunca.

–No me das miedo –respondió ella, dando un grito ahogado al notar sus manos en la cintura.

–¿Seguro? –le preguntó él sonriendo con malicia–. Relájate. No muerdo. Al menos, todavía.

Jazz rio. Tyr hacía que todo pareciese sencillo. Sonrió contra sus labios y cerró los ojos. Lo besó. Todo su cuerpo ardía y los besos de Tyr era dulces y seductores. Entonces, notó que le quitaba el camisón por la cabeza.

–¿Qué...?

–Llevas demasiada ropa –la reprendió.

Ella se tapó con la colcha hasta la barbilla, temblando. El mero roce de los dedos de Tyr la hacía temblar de deseo.

–¿Qué miras? –le preguntó al notar que Tyr retiraba la colcha.

–A ti, Jazz. Abre los ojos y mírame –le pidió.

Tomó su rostro con ambas manos y la besó con tal cariño que a Jazz se le encogió el corazón de lo mucho que lo amaba.

–Así está mejor –le dijo Tyr cuando abrió los ojos–. Puedes confiar en mí. Y puedes pedirme que pare en cualquier momento. Ahora, relájate.

Al principio, se sorprendió de que Tyr tocase una de las partes más íntimas de su cuerpo. Sobre todo, porque era una de las partes que más deseaba que tocase. Cuando notó su boca en un pecho la sensación aumentó. Y después de unos minutos disfrutando de sus besos y sus caricias, se dejó llevar por la intuición y empezó a acariciarlo también.

Lo que más deseaba era tenerlo dentro, pero tenía miedo.

Y cuando Tyr bajó la mano por su cuerpo y por fin la acarició entre los muslos, Jazz perdió completamente el control, explotó de placer por dentro y apretó su cuerpo contra la mano de Tyr para prolongar aquella increíble sensación.

Después intentó recuperar el aliento, pero fue incapaz de articular palabra.

–Eres muy receptiva, princesa –murmuró él contra sus labios.

–¿Y te sorprende? Espero que no te estés burlando de mí, Tyr Skavanga.

–No, me alegro por ti. Has esperado mucho tiempo.

–Una eternidad –admitió ella, aunque la peor espera había sido la vuelta de Tyr a casa.

–¿Quieres más?

–Mucho más –le confirmó Jazz.

–¿Por qué no te tumbas y permites que haga yo todo el trabajo? –le sugirió él.

–No sé cómo no se me ha ocurrido a mí antes –respondió ella.

Tyr la agarró de las muñecas y se las puso encima de la cabeza, sujetándola a la cama para después devorar sus pechos y hacerla gemir de placer.

Tyr se echó a reír.

–¿De qué te ríes? –le preguntó ella.

–De ti –respondió él, como si fuese obvio–. Esta promete ser una noche muy larga.

–¿Y te alegras de ello?

–Por supuesto. Además, tengo la sensación de que tienes mucho talento para esto, un talento oculto hasta ahora.

–Ya te he dicho que, como princesa de Kareshi, no he tenido precisamente la oportunidad de sacar esta parte de mí como me hubiese gustado.

–Ah, ¿así que lo habrías hecho si se te hubiese permitido?

–Deja de tomarme el pelo, vikingo. Soy una buena chica y siempre lo he sido.

–En ese caso, me alegro de que hayas cambiado para mí.

–Ahora soy mala –admitió ella, contenta–. Y espero que, cuando has dicho que va a ser una noche muy larga, te refirieses a una noche de placer para mí.

Él frunció el ceño, pero siguió sonriendo.

–Por supuesto que sí, princesa.

Todavía estaba recuperándose de la ola de placer que la había invadido cuando Tyr había colocado ambas manos en su trasero y la había levantado. Tenía las piernas separadas y se sentía expuesta, vulnerable. Y tuvo que recordarse que estaba con Tyr Skavanga y que confiaba en él. Que eran marido y mujer y que no había nada prohibido entre ellos.

Tyr le dio placer e hizo que se olvidase de su vergüenza. La sensación era tan fuerte que deseó gritar, gemir y suspirar.

–Déjate llevar –le sugirió él con voz ronca y divertida–. Vas a disfrutar mucho más si lo haces.

–También quiero darte placer –le confesó Jazz, decidiendo besarlo–. Eres mío, Tyr Skavanga.

–¿Tu esclavo sexual? –preguntó él, sonriendo todavía más–. Estupendo. Puedes hacer conmigo lo que quieras.

Ella lo obligó a tumbarse y recorrió su cuerpo con los labios y después hizo acopio de valor, cerró los ojos y tomó su enorme sexo con ambas manos para darle placer. Y, después de superada la sorpresa de lo que estaba haciendo, lo oyó gemir e inclinó la cabeza para besar la punta. Aquello era mucho mejor de lo que ella se había imaginado y, sorprendentemente, sabía exactamente lo que tenía que hacer.

–Para.

Ella obedeció al instante.

–¿He hecho algo mal?

–No, lo has hecho muy bien, pero quiero que pares antes de que pierda el control.

Jazz se sentó sobre los talones y lo vio sonreír de oreja a oreja. Él empezó a acariciarle los brazos y ella cerró los ojos. Se sentía tan bien. ¿Era posible que el destino fuese a darles una segunda oportunidad?

Entonces Tyr la acercó a su cuerpo y volvió a besarla apasionadamente, pero Jazz necesitaba tenerlo todavía más cerca.

Fue entonces cuando Tyr se colocó encima de ella, que se puso tensa de nuevo, y él la relajó con sus besos y sus caricias para después apoyar la punta de su sexo entre sus muslos.

–No –exclamó Jazz, y él se apartó.

–¿No? –le preguntó, mirándola a los ojos de manera burlona.

–Que no me hagas esperar más –le pidió, a pesar de que tenía miedo a que le hiciese daño.

Pero Tyr no tardó en hacer que dejase de pensar con sus besos.

Estaban cada vez más cerca, estaban unidos. Aquello era amor.

–Te quiero –le dijo por un impulso.

Pero el placer era tan intenso que no supo si Tyr la había oído, o si le había respondido, ni siquiera supo si le importaba.

Capítulo 16

SI PODÍA considerarse que una noche era suficiente para aprender a dar y recibir placer, aquella noche había sido la anterior, pensó Jazz, todavía en la cama, a la que Tyr la había llevado en algún momento para volver a hacerle el amor. Había sido como si ninguno de los dos pudiese saciarse del otro. Tyr le había recordado que tenían mucho tiempo que recuperar.

Alargó la mano, pero no lo encontró. Presa del pánico, se incorporó y miró a su alrededor. Todavía estaba amaneciendo y había poca luz en la tienda.

–Estás despierta, princesa.

–¡Tyr!

Su amante vikingo, vestido con pantalones vaqueros y poco más, se acercó a ella y la abrazó.

–Estás temblando.

–Pensé que te habías vuelto a marchar. La cama estaba vacía y...

–No te vas a deshacer de mí tan fácilmente.

–¿Quién ha dicho que quiero deshacerme de ti? –preguntó ella, abrazándolo más.

Tyr se echó a reír y a besó. Y ella recordó la noche anterior y llevó las manos a su cinturón. Y unos segundos después volvían a estar haciendo el amor.

Lo mejor era que cuanto más placer le daba Tyr más capacidad de sentir placer parecía tener ella. Su deseo era insaciable. Jamás querría que Tyr parase.

–¿Qué pasa? –le preguntó, al ver que se quedaba inmóvil.

Se había puesto tenso.

De repente, se levantó de la cama y se quedó en silencio. Y entonces Jazz lo oyó también. Un caballo relinchaba asustado y a lo lejos aullaba un coyote. Había pocos coyotes en los desiertos de Kareshi y eran una especie protegida, pero se habían hecho varios planes de reproducción que habían tenido más éxito del esperado.

–¿Tyr?

–Quédate aquí –le ordenó él mientras se vestía rápidamente.

–Voy contigo –respondió Jazz, que no estaba dispuesta a quedarse allí.

–No, te quedas aquí.

–De eso nada.

Jazz se vistió también y lo siguió fuera de la tienda con una escoba en la mano. En el poblado ya habían empezado a encenderse algunas luces.

La manada de coyotes era grande y los animales que la encabezaban estaban demasiado delgados para arriesgarse a acercarse a los humanos, así que buscaban presas fáciles en el corral en el que estaba el ganado. Jazz blandió la escoba y gritó para ahuyentarlos, pero Tyr la agarró del brazo y la puso detrás de él.

–Te he dicho que te quedases en la tienda.

–No me digas lo que tengo que hacer –le gritó ella, zafándose.

El jefe del poblado, acompañado de un grupo de hombres, acababa de llegar. Tyr habló con él, dejando a Jazz atrás. Volvía a ser invisible y se preguntó si aquel era el marido al que adoraba, el hombre que le había hecho el amor con tanta ternura.

–¿Puedo saber adónde vais? –le preguntó a Tyr, que, de repente, iba hacia el poblado en silencio.

–Ahora no tenemos tiempo de hablar, Jazz.

–¿Así que, cuando a ti te viene bien, soy invisible, pero en la cama no?

Tyr no aminoró el paso. No dejó de andar hasta que llegaron al salón de actos, donde estaban los ordenadores. Al llegar a la puerta, la apresó contra esta y le dijo:

–Te podías haber matado ahí afuera o, como poco, te podías haber hecho mucho daño. Tenías que haberte quedado en la tienda, como te dije.

–¿Qué querías, que me escondiese entre las almohadas hasta que tú volvieses? Olvídalo, Tyr. Si piensas que voy a cumplir tus órdenes, te has equivocado al elegir mujer.

–Yo no te he elegido. Ambos nos hemos visto obligados a esto.

Ella se quedó boquiabierta ante la dureza de sus palabras. Se le encogió el estómago y recordó que le había dicho a Tyr que lo amaba, pero que él no había respondido.

–Tienes razón –le contestó–. Y quiero que sepas que nuestra situación me gusta tan poco como a ti. ¿Cómo me va a gustar si la actitud de mi marido es propia de la Edad Media?

–Ahora no, Jazz.

Tyr se dispuso a andar, pero ella se interpuso en su camino.

–Escúchame –insistió–. No soy la mujer indefensa por la que me tomas. Soy como tú en todos los aspectos. O hacemos esto juntos, o ya te puedes ir olvidando de nuestro matrimonio.

Él guardó silencio unos minutos.

–Espera aquí y tranquilízate –le aconsejó.

Y ella apretó la mandíbula y, al menos, no dijo nada que después pudiese lamentar.

Tyr mandó varios mensajes con el ordenador y después volvió a salir. Nada más hacerlo, buscó a Jazz con la mirada. Seguía enfadada y era normal. La agarró de los hombros.

–Tienes que entender que no pueda permitir que pongas tu vida en peligro. ¿Lo entiendes?

–Y tú tienes que entender que yo no quiera que te arriesgues solo. Y me parece que ha llegado el momento de que me lo cuentes todo, ¿no crees?

–Este no es el lugar, Jazz.

–Cobarde.

Jazz siempre había sabido cómo provocarlo.

–Soy un asesino, Jazz. ¿Te basta con eso?

Ella negó con la cabeza.

–Eres un soldado y un héroe que cumplía órdenes –argumentó ella–. No voy a marcharme a ninguna parte hasta que no me lo cuentes todo.

–¿De verdad piensas que soy un héroe? –replicó él.

–Sharif me contó lo suficiente para saber que arriesgaste tu propia vida para rescatar a tu batallón. ¿Piensas que mi hermano habría permitido que te casases conmigo si pensase que eres un hombre peligroso?

¿No te parece más probable que Sharif, que nos quiere a ambos, piense que puedo ayudarte?

Jazz alargó la mano y tomó la suya.

–En la guerra no hay límites, Jazz –le dijo él–. No hay campos de batalla en los que solo hay adultos y solo matan los malos.

–Lo sé, Tyr, pero tú siempre has intentado ayudar a los demás. Nunca has pensado en ti mismo. Eres un creador, no un destructor, y ha llegado el momento de pensar en reconstruir tu propia vida, cuando decidas qué es lo que quieres realmente.

Estaban hablando como muchos años atrás. Aunque habían crecido y el tema era muy distinto, pero ellos también habían cambiado, pensó Jazz.

–Ojalá tuviese ahora tiempo para esto, Jazz. Kareshi está avanzando a un ritmo que yo casi no puedo seguir, así que no tengo tiempo para una esposa, ni para hijos.

–Hablas como si estuvieses haciéndolo todo solo –lo interrumpió Jazz–, pero ya no estás solo. Y no quiero interponerme en tu trabajo. Lo que quiero es trabajar contigo, Tyr. Quiero que nuestros hijos aprendan la satisfacción que produce el trabajo y la reparación. Iremos poco a poco. Y si tienes más cosas que contarme, ya me las contarás. Las heridas tardan en curarse y ni siquiera tú puedes acelerar ese proceso.

–Siempre fuiste muy testaruda –murmuró él, fulminándola con la mirada.

–Y no he cambiado –le aseguró Jazz–. Ríndete, estás atado a mí de por vida.

Tyr se echó a reír y la besó, era su amor, su pasión, su vida, su alma gemela, Jazz.

El jefe del poblado pasó por su lado y dijo algo.

–¿Me puedes traducir? –le preguntó Tyr a Jazz.

–Ha dicho que una pasión como la nuestra es una bendición para el poblado, y que vamos a tener muchos hijos que estarán al servicio de Kareshi.

–En ese caso, será mejor que nos pongamos a ello.

Jazz lo golpeó de broma mientras Tyr la llevaba hacia la tienda nupcial. En la puerta, él se detuvo y preguntó:

–¿Te daba miedo?

–Veo que no tienes ni idea de lo mucho que te he querido siempre. Tienes que aceptar que hay personas que se preocupan por ti, y yo soy una de ellas. Tendrás que acostumbrarte a que, si decides enfrentarte a cualquier peligro, ya sea una manada de coyotes o cualquier otra cosa, yo estaré siempre a tu lado.

Tyr la abrazó.

–¿Qué haces?

–Hacerte callar –respondió él antes de tomarla en brazos y entrar en la tienda.

Una vez en la cama, después de haberla abrazado y besado apasionadamente, la miró muy serio.

–Vamos a dejar clara una cosa –le dijo–. Que no volverás a ponerte en peligro, porque si algo te ocurriese... Me moriría, Jazz Kareshi.

–Jazz Skavanga –le recordó ella riendo.

–Te quiero, Jazz Skavanga, y no quiero arriesgarme a perderte nunca jamás.

–¿Me quieres?

–Más que a mi vida.

–Me quieres –repitió Jazz, saboreando las palabras.

Tyr entrelazó los dedos de ambas manos con los suyos.

–¿Te quieres casar conmigo, Jazz?

–Ya estamos casados. ¿Me estás pidiendo que cometa bigamia?

–No sé si eso es posible, casándote dos veces con el mismo hombre, pero me gustaría que esta vez nos casásemos porque lo queremos los dos, no porque lo exija la tradición, ni el pueblo. ¿Qué me dices, Jazz? ¿Quieres casarte conmigo?

Ella se llevó las manos de Tyr a los labios, las besó y lo miró a los ojos.

–Por supuesto que sí.

El beso de Tyr fue tierno, pero, cuando se apartó, tenía el ceño fruncido.

–El único problema es que todavía no estamos casados y yo quiero volver a hacerte el amor, pero podríamos romper las normas, ¿tú tienes alguna objeción?

–No se me ocurre ninguna, salvo que... no pienses por un momento que voy a prometer obedecerte.

–En realidad, nunca me has obedecido. Eres una chica mala y no me dejas alternativa, estás castigada, ¡a la cama!

–Tenía la esperanza de que dijeses precisamente eso.

Capítulo 17

LA PASIÓN entre ambos siguió siendo muy intensa y Jazz se preguntó si se saciarían alguna vez el uno del otro.

Alrededor del medio día, Tyr se levantó de la cama porque oyó la llegada de helicópteros y supo que contenían los equipos que había pedido.

–No tardaré –dijo, después de haberse vestido–. Espérame aquí. Volveré sudoroso y polvoriento, hambriento de ti.

–Antes de que te marches...

–Ahora no tenemos tiempo, Jazz.

–¿Estás seguro? –le preguntó ella en tono malicioso–. El helicóptero todavía no ha aterrizado.

Tyr empezó a quitarse los pantalones.

–Eres una descarada.

–Y tú eres mi esclavo sexual y tienes que cumplir con tu deber –respondió ella, colocándose al borde de la cama y apoyando los pies en sus hombros–. No te entretendré mucho.

Cuando Tyr se marchó, Jazz abrazó una almohada. No podía reemplazar con ella a Tyr, pero sabía que este la haría esperar, aunque la espera merecería la pena.

Cuando Tyr volvió de descargar los equipos, volvieron a hacer el amor. Aquella vez fue diferente. La besó despacio, como si quisiese saborear cada momento. Ninguno de los dos buscaba ya la satisfacción física, sino el placer de ser uno, de compartir un mismo objetivo y una vida. Jazz miró a Tyr a los ojos y se dio cuenta de que aquello era amor.

El cielo del desierto se había teñido de violeta y oro. La enorme luna iluminaba las dunas mientras Jazz y Tyr observaban a los habitantes del poblado, que estaban haciendo volar a sus cernícalos. Nada más verlos, le habían dado a Tyr el mejor pájaro.

–Tómalo tú, Jazz –dijo él.

Ella sonrió y miró a los ojos al hombre al que amaba, pensando en lo mucho que había cambiado, lo mismo que ella. Estaba relajado, abierto, tierno, y tenía ante sí a una mujer enamorada.

Tyr le prestó el guante que protegía la mano y luego le pasó al bello animal, que estaba muy tranquilo.

–Hacía mucho tiempo que no hacía esto –comentó Tyr, admirando al ave.

–Se supone que este es el mejor halcón, deberías tenerlo tú.

–No te preocupes, ahí me traen a otro, una hembra que es el doble de grande que tu macho.

–Pero no tan resuelta.

–¿Debería estar celoso? –preguntó Tyr al ver que Jazz acariciaba al animal.

–Cuando mi pájaro gane, podrás alegrarte por mí, y sentirte aliviado al saber que estoy dispuesta a que, de vez en cuando, un macho demuestre ser superior a una hembra.

Cuando ambos pájaros echaron a volar, todo el mundo observó la carrera entusiasmado. El macho tenía que haber ganado, pero esperó a la hembra antes de volver a tierra.

–Se emparejan de por vida –comentó Tyr.

Jazz sintió calor en las mejillas.

–Sí.

Los habitantes del poblado empezaron a recoger sus cosas.

–Bueno, ahora solo me queda hacer una cosa –dijo Tyr.

–¿El qué?

–Hacerle el amor a mi esposa.

–Me parece bien.

Entrelazaron las manos y caminaron en silencio y en perfecta armonía hasta que vieron su tienda, entonces apretaron el paso. Jazz pensó que ojalá nadie se diese cuenta de que iban casi corriendo. Y si alguien lo vio, no hizo ningún comentario por educación.

Epílogo

RENOVARON los votos del matrimonio en Skavanga, bajo un cielo completamente azul, en un lugar en el que el calor de su amor amenazaba con derretir la tundra. Los acompañaron las tres hermanas de Tyr y sus maridos. Leila y Rafa llevaron a los gemelos y a su hijo recién nacido, y tanto Britt como Eva fueron muy embarazadas.

La ceremonia tuvo lugar al aire libre, a orillas de un lago helado, cerca de la casa que había pertenecido a la familia Skavanga desde que su primer buscador de oro había seguido su sueño.

–Me alegro de poder deshacerme de ti –bromeó Sharif mientras besaba a Jazz en ambas mejillas–. Sabía que esto iba a ocurrir mucho antes que tú, pero no podía decir nada...

–Soy tan testaruda que habría opuesto mucha más resistencia...

–Espero que seas feliz, Jasmina.

–Ya ves que lo soy, Sharif.

–Sí. Y mi regalo de bodas va a ser la cesión del control de los asuntos internos de Kareshi a mi hermana, Jasmina, y a su marido, Tyr, mi querido amigo que es como un hermano para mí. Sé que ambos antepondréis el interés del pueblo al vuestro propio, y espero que así Jazz pueda continuar con el trabajo que con tanto éxito ha realizado ya en Kareshi.

–Yo creo que puede funcionar, ¿no? –le preguntó Sharif a Tyr.

–Nunca he tenido la menor duda –respondió este.

–No hagáis eso –exclamó Jazz, interponiéndose entre ambos–. No pienso volver a ser invisible nunca jamás.

–¿Invisible, tú? –preguntó Eva.

Los dos hombres se miraron y empezaron a reír.

–Eres la persona menos invisible que conozco –le dijo Tyr en voz baja cuando Sharif se alejó de ellos para acercarse a Britt.

–Me estás distrayendo –le dijo ella–. ¿De qué me estaba quejando?

–De falta de sexo –respondió él muy serio.

Jazz se alegró de que su hermano no pudiese oírlos.

–Tengo algo para ti –añadió Tyr.

Y buscó en el bolsillo de su traje impecable, del que sacó un anillo adornado con los diamantes más perfectos de Skavanga.

–Para siempre –dijo, leyendo la inscripción que había grabada en el interior.

Después se lo puso junto a la sencilla alianza que Jazz llevaba en el anular.

–Eres la mujer a la que he amado siempre, y a la que seguiré amando siempre. Mi amiga, mi amante, y la mujer que me ha devuelto la vida.